KB130707

바이칼에서 몽골까지 열흘

# 바이칼에서 몽골까지 열흘

—

초판 1쇄  2020년 3월 20일
지은이  사막의형제들
펴낸이  김영재
펴낸곳  책만드는집

—

주소  서울 마포구 양화로3길 99 4층 (04022)
전화  3142 - 1585 · 6
팩스  336 - 8908
전자우편  chaekjip@naver.com
출판등록  1994년 1월 13일 제10 - 927호
ⓒ 사막의형제들, 2020

—

—

ISBN  978 - 89 - 7944 - 719 - 4 (03810)

시인·소설가
12인의 오지기행

바이칼에서

몽골까지
열흘

사막의형제들 지음

책만드는집

| 차례 |

바이칼에서       이 정 출발하는 날 · 12
몽골까지        최도선 사막의형제애 · 14
그 열흘간의      김추인 이르쿠츠크 공항 · 17
일기          김영재 알혼섬 도착 · 19
             이 경 아~ 바이칼 · 22
             백우선 이르쿠츠크~울란바토르 · 24
             김금용 수흐바타르 광장에서 함께 춤을 · 26
             이경철 눈마다 다 제각각인 테를지 국립공원 만물상 · 28
             김지헌 대한민국 청년 박은혁 군 · 30
             이상문 여행 8일째, 세 번째 게르까지 · 34
             김일연 호스타이 국립공원 · 42
             윤 효 몽골에서의 마지막 날 · 44
             조연향 그리운 야생마 · 47
             홍사성 새벽, 안개 속으로 사라지다 · 49


김금용        바이칼, 둥근 자궁 · 54
             경계 밖에 서 있다 · 55
             들풀 춤사위 · 56
             흐미 · 58
             길 아닌 곳 없다 · 60
             새파란 거짓말 · 62
             까실쑥부쟁이꽃 · 63
             나를 사랑하는 밤 · 64

김영재　　유목의 식사 • 68

헛꿈도 꿈이다 • 69

바이칼 바람꽃 • 70

비 오는 밤 • 71

건배사 • 72

겸손 • 73

새벽 별 • 74

몽고반점 • 75


김일연　　푸른 칼 • 78

엉겅퀴꽃 • 79

서고비의 향초 • 80

만개 • 81

유목의 비가 • 82

몽골 • 83

윤슬, 바이칼 • 84

오프로드 • 85

고원의 제단 • 86

몽골 후기 • 87


김지헌　　방목 • 90

칼과 달 • 91

슬픔 한 잔 • 92

노는 법 • 93

자작나무 도서관 • 94

어미 • 96

밥 • 97

빨래 • 98


김추인     유리알 유희 • 102

바이칼의 딸 • 104

그러니까 뿔뿔이 • 106

고도 • 108

푸른 할미꽃에게 • 110

바이칼의 반달 • 111

찻잔 속의 시간 • 112

칸의 기마상 • 114

잃어버린 시간을 찾아서 • 116

나를 경매하다 • 118


백우선     흐미 • 122

마부의 꽃 • 123

불빛 • 124

에지노르 • 125

이어 피는 꽃 • 126

하나가 되어 • 127

낙타의 눈 • 128

솟대 • 129


윤 효

초원의 달 1 • 132

초원의 달 2 • 133

몽골 제국 • 134

몽골 고속도로 • 135

상흔 2 • 136

숨은 꽃 • 137

시베리아의 술 이야기 • 138

안복 • 139

뒷모습 • 140


이 경

빅딜 • 146

물수제비뜨기 • 147

바이칼의 새 • 148

불을 담은 물 • 150

칼의 향기 • 152

낙타를 모는 여자 • 154

말이 사라진 골짜기 • 155

쳉헤르 온천 가는 길 • 157

이경철    바이칼 호숫가에 앉아 · 160
         아리야발 사원 일몰 · 161
         바이칼 일출 · 162
         바이칼 무당바위 · 163
         바이칼에 수장된 영매 · 164
         별밭 위 방뇨 · 165
         그대, 황금빛 나팔 소리 · 166


이상문    초원의 시 1 · 170
         초원의 시 2 · 171
         초원의 시 3 · 172
         정녕 그렇게 왔던가요 · 173


조연향    국경을 지나며 · 176
         당신께 간다 · 178
         초원의 빛 · 179
         세르게의 춤 · 180
         牧童 · 182
         알혼섬에서 · 184
         바이칼 밤하늘은 그믐 · 186

최도선　　외로운 시편 • 190
　　　　　자작나무 • 191
　　　　　눈동자에 얹힌 바이칼 • 192


홍사성　　몽골견문록 • 196
　　　　　깊이의 문제 • 197
　　　　　게르에서 며칠 밤 • 198
　　　　　들풀로 살다 • 199
　　　　　제국의 역사 • 200
　　　　　색즉시공 공즉시색 • 201
　　　　　나는 늙은 양치기 • 202
　　　　　몽골 독수리 • 203
　　　　　어머니 바이칼 • 204
　　　　　알혼섬 누렁이 • 205


이　정　　지붕 위에서 본 바이칼 • 208


　　　　　약력 • 214

# 바이칼에서 몽골까지
# 그 열흘간의 일기

2019. 8. 30. ~ 9. 9.

# 출발하는 날

이정

이른바 사막의형제들이 바이칼로 출발하는 날이었다. 점심시간에 조계사로 갔다. 거기 국제회의장에서 사성 형이 운영하는 잡지에서 주관하는 학술 세미나가 열렸다. 형은 정장을 차려입은 것도 아니고, 오지 여행자들처럼 등산복을 입은 것도 아니었다. 어정쩡한 콤비를 입고, 구두를 신었다. 해마다 사막의형제들과 여행을 함께 갈 때 형은 택일에 어려움을 겪었다. 여러 행사와 일정이 겹쳐서였다. 나는 광화문의 사무실을 지키고 있기가 미안했다.

세미나 진행을 챙기던 형에게 이제 공항으로 떠나야 할 시간이 되었음을 알렸다. 형은 슬그머니 행사장을 빠져나와 등산화로 갈아 신었다. 내가 여행을 가듯 형의 여행 가방을 끌고 길을 재촉했다.

서울역에서 공항철도로 갈아타는 곳에서 우리는 헤어졌다.

"경철 형도 있고 효 형도 있으니 걱정하지 마세요."

누군가는 일행의 뒤치다꺼리를 해야 한다. 그동안은 그 고역의 일부를 내가 맡았다. 개찰구를 빠져나가는 형에게 내가 손을 흔들었다.

카톡이 온 신호음이 들렸다. 단체 카톡방에 경 형이 보낸 문자가 떴다.

"인천공항역에 내렸어요."

경 형이 일착인가 보았다. 모이기로 한 시각보다 무려 한 시간이나 빨랐다. 시상 속에 파묻혀 일정을 잊기 일쑤인 경 형이 정신을 바짝 차린 모양이었다.

형제들이 바이칼을 향해서 떠나는데, 되레 그들이 나만 바이칼에 남겨두고 서울로 떠난 기분이 들었다.

# 사막의형제애愛

### 최도선

눈을 뜨니 햇살이 유난히 맑았다. 괜스레 눈물이 난다. 심통 난 아이처럼 이것저것을 툭툭 치고 다녔다. 사막의형제들이 오늘 바이칼을 향해 여행을 떠난다.

5월 말 외출 후 집으로 돌아오는 지하철 안에서 전화벨이 울려 무심코 전화를 받았다.

"최도선 씨죠? 조직검사 결과가 나왔는데 암이네요."

남자의 둔탁한 목소리에 그만 폰을 떨어뜨렸다. 어떻게 집에까지 왔는지도 모른다. 아무것도 손에 잡히지 않았다. 정신을 가다듬고 가족 카톡방에 문자를 띄웠다.

큰딸부터 "엄마 갑상선암은 별거 아냐", 작은딸 "착한 암이래", 아들과 며느리 "어머니, 걱정 마세요. 암 똑 떼어내면 돼요". 남편은 내 눈치만 보고 아무 말이 없다.

정신을 차리고 내 차트가 있는 병원에 진찰 예약을 알아봤다. 11월 말에나 담당 의사 진료가 가능하단다. 이렇게 환자가 많다니! 여기저기 알아본 결과 가장 빠른 곳이 S 병원이었다. 7월 초로 예약이 잡혀 차근히 검사 후 수술 날을 잡았다. 다른 걱정은 없었으나 사막팀 여행이 제일 마음에 쓰였다. 아무렇지도 않던 몸이 갑자기 환자가 되어버렸다.

여행을 포기하고 나서도 도전을 해볼까, 몇 번을 망설였다. 혹시 여행 중 아프기라도 하면 나는 고사하고 일행에게 폐를 끼칠 것을 생각하니 안 가는 게 맞는 일이었다.

정작 출발하는 날이 오니 마음이 몹시 쓸쓸했다. 어제 온 카톡을 열었다.

"불교를 山에서 내려오게 한 계간지…… 올해 스무 살 됐네."

이정 형이 올린 네이버 창을 열었다. 《불교평론》 20주년 기념행사가 공교롭게도 오늘이다. 《불교평론》은 홍사성 형이 이끌어오는 한국 불교계 대표적 학술 계간지다. 이런 큰 행사를 준비해오며 사성 형이 얼마나 맘을 졸였을까! 행사날 떠나야 하는 그 발걸음 얼마나 무거울까!를 생각하며 부지런히 남편 점심상을 차려놓고 조계사로 향했다. 세미나실에 들어가 앉아 있으려니 마음은 공항에 가 있었다. 이 몸 이대로 공항으로 달려가고만 싶었다. 세미나 내용이 귀에 하나도 들어오지 않았다.

조계사 앞뜰 작은 연못가 돌단에 앉아 햇살을 맞으며 멍하니 하늘을 올려다보다가 연꽃을 들여다보다가 무심히 물속 내 얼굴을 만났다. 참 어색했다. 낯모르는 사람 같았다. 물방개가 지나가며 얼굴 형상을 흩어뜨렸다. 아! 저 물속의 그녀는 누구지? 왜 세상을 다 잃은 것처럼 어두운 얼굴을 하고 있지? 나는 그녀의 소리를 들어봐야겠다. (암이라는 무거운 말 때문에, 사막의형제들과 함께 동행하지 못하는 고독 때문에, 그렇게 갈망해오던 바이칼호수를 못 보게 돼서) 그녀의 웅얼거리는 소리가 바람결에 들렸다. 그렇구나, 그럼 내이야기도 들어봐. (이 모든 것들은 아무것도 아니야. 지금 네 안에 흐르는 발자국 소리에 귀 기울여봐. 세상에 두려워할 것은 아무것도 없어. 마음 중심이 어디에 있는지가 중요하지. 아까 물속의 네 그림자를 물방개가 지워 갔어도 물 아래 그 그림자는 그대로 있어. 바이칼도 네 안에서 볼 수 있지. 샹그릴라가 네 안에 있듯.)

그때 카톡이 울렸다. "도선국사 서울 잘 지키고 있어요. 우리 잘 다녀올게" "몸 관리 잘하고" 등등 사막의형제들의 사랑이 듬뿍듬뿍 날아와 안겼다. 그렇다, 형제들이 옆에 있었다.

오후의 햇살이 가로수를 반짝이며 여름을 건너가고 있다.

# 이르쿠츠크 공항

8월 30일

김추인

솜뭉치 같은 양 떼를 세다가 알람에 불려 나와선 거울 속의 부스스한 여자에게 윙크를 찡긋.

"바이칼, 오늘이야!"

탈주를 꿈꾸는 첫날이다. 창밖은 청보라의 새벽빛.

"또롱 또르르르 츠츠, 또르르릉~"

방울벌레 수컷의 작업 거는 소리, 부쩍 바빠졌다. 가을이 오는가 보다. 내 작은 뜰에 연분홍 목화꽃이 피었으니 녀석은 제 향기인 양 꽃받침 밑에서 세레나데를 불러댈 것이다.

내 역마살은 세상의 사막들을 지나 이제 한민족의 시원始原이라 할, 내 아비의 머나먼 아비들이 맨 처음 발 디뎠을 바이칼을 친견하러 시베리아의 푸른 눈으로 나

17

를 데려갈 것이다.

KE0983편은 17시 55분, 설렘으로 상기된 사막의형제들을 품고 이륙, 네 시간여 북서진하니 이르쿠츠크다.

호텔 IBIS로 가는 길은 다들 밤의 안가라강 쪽으로 시선을 던져둔 채 말을 잊었고.

"잘 다녀와유. 서울은 우리가 지킬 것잉게."

소설가 이정의 정겨운 사투리, 귓가 맴도는 첫 밤이다.

# 알혼섬 도착

김영재

아무런 작정 없이 바이칼에서 몽골까지 9박 11일 여행을 떠났다. 열두 명 사막의형제들이 가는 여행인 만큼 그냥 따라가면 누군가 세세하게 일러주겠지, 내심 믿는 구석이 있어 별 준비 없이 가는 날만 기다리다가 지각 않고 인천공항 제2터미널 3층 H 카운터 앞으로 나갔다. 오후 4시였다. 그렇게 떠났다.

이르쿠츠크 둘째 날이다. 이날의 릴레이 '여행 일기' 담당

은 내 몫이다. 여행 전이나 현장에서 정해진 것이 아니라 서울에 돌아와 받은 배당이라 기억이 아슴아슴하다.

오늘 일정은 알혼섬 투어다. 알혼섬은 호수 가운데 있는 섬, 호중도湖中島다. 바이칼호 안에 있는 27개 섬 중에서 가장 큰 섬이다.

인구는 1500여 명이다. 한 해 관광객은 10만 명이 넘는다.

이르쿠츠크에서 아침 식사를 한 뒤 차를 타고 사휴르타 선착장을 향해 달렸다. 오전 내내 달렸는데 차창 양옆은 초원, 끝이 없다. 가끔 말들이 풀을 뜯을 뿐 사람은 보이지 않는다. 얼마를 달렸을까. 드넓게 펼쳐진 유채꽃밭에서 차를 멈췄다. 노랗게 뿌려진 물감을 배경으로 사진을 찍었다. 풍경도 찍었다. 서로가 서로를 찍어주었다. 수학여행 떠난 아이들이었다.

갈 길이 멀다. 가이드와 운전기사의 성화에 후다닥 차에 올라 또 달렸다. 알혼섬으로 떠날 페리호 선착장에는 차와 사람이 북새통을 이루었다. 페리호를 타고 알혼섬에 도착, 두 대의 차량에 나눠 타고 후지르 마을로 향했다. 여기서부터는 비포장도로다. 자연환경 보호로 포장되지 않은 좁고 울퉁불퉁한 도로는 버스로 달릴 수 없었다.

드디어 후지르 마을에 도착해 숙소를 배정받고 밖으로 나갔다. 그때 눈앞에 펼쳐진 바이칼 호수. 호수라 부르기엔 너무 넓었다. 함께 걸었지만 각자 걸었고 같은 풍경을 바라봐도 각자 풍경만 보았다.

호수에 잠긴 부르한 바위가 보이는 언덕에 열세 개의 기둥이 세워져 있었고, 오색 천으로 기둥이 감싸졌다. 세르게라 부르는 나무 기둥은 이곳 사람들에게 신목神木이었다. 우리의 성황당목 같은 존재다.

부랴트족이 가장 신성하게 모시는 부르한 바위 아래서

우리는 한나절을 놀았다. 신발을 벗고 호수에 발을 담그고 물수제비를 뜨고 멀리 던지기 돌팔매를 하면서, 해가 지기를 기다렸다. 기다림 끝에 오는 장엄한 노을을 보면서 둘째 날이 저물어갔다.

# 아~ 바이칼

이경

눈을 뜨니 시베리아, 바이칼 호수, 알혼섬 가운데 후지르 마을이다. 공기 때문인지 너무 일찍 깼다. 새벽 5시, 알혼섬 북부 투어가 있는 날. 그런데 숙소에 물이 안 나온다. 앗싸~ 잘되었군! 호수로 내려가 새들처럼 모래로 이 닦고 세수했다. 털빛이 검은 러시아 들개가 곁을 지키다가 해가 뜨려고 하는 황야를 가로질러 달려갔다.

조식 후 6인용 우아직에 나눠 타고 비포장길을 달린다. 왼편은 호수, 오른편은 침엽수림. 너무 심하게 덜컹거려 거의 천장에 매달리다시피 했다. '추인일연연향금용지헌이경' 오븐 속 밀가루 반죽처럼 치대고 부풀며 깔깔거리고, 탄성을 터뜨렸다. 뉴르간스크 사자섬과 악어바위, 페시얀카 모래언덕, 사라예스키 해변, 타이가 숲, 삼형제바위 등을 체험했다. 바위에 얽힌 전설이야 어딜 가나 비슷한 사랑 이야기. 호수를 향해 목청껏 소리 질렀다. 아~ 바이칼!

바이칼 호수는 러시아 사람들이 죽기 전에 방문하여 속죄하고 참회하는 곳이라고 한다. 영혼과 마음이 치유되는 곳이라 여기기 때문이란다. 뭐라고 말할 순 없지만 어디와도 다른 특별한 기운이 영혼에 수혈되고 있었다. 양수 속을

22

둥둥 떠다니는 느낌!?

　그렇게 알혼섬 최북단 호보이곶 도착. 가파르다가 평평하다가 엎드린 낙타처럼 생긴 호보이곶이 갑자기 벌떡 일어서 버린 듯, 아스라이 깎아지른 벼랑 위에 우리를 세운다. 세계에서 가장 깊고 넓은 담수호, 그중에서도 수심이 제일 깊은 곳이다. 깃대 끝에 매달린 열두 개의 깃발로 펄럭일밖에. 몸과 마음의 욕망이 모두 치유되었다.

# 이르쿠츠크 ~ 울란바토르

백우선

　이르쿠츠크에서 울란바토르로 가는 열차 여정이었다 (22시간 30분 소요). 밖의 들꽃, 자작나무, 마을을 보거나 준비한 도시락, 라면, 누룽지, 안주로 식사도 하고 보드카며 맥주도 마시고 잠도 잤다. 나와 세 명의 객실은 승무원실 바로 옆 칸이었다. 그곳의 위험을 처음에는 몰랐다. 금연이지만 한두 모금은 괜찮을 듯싶었다. 문밖에서 망을 보았으나 연기가 열린 창보다 옆 칸 틈을 더 밝힌 것은 예상외였다. 열차 폴리스를 부르겠다 어쩌겠다 하여 거친 지시도 감내할 수밖에 없었다.

　술판은 계속되고 목소리는 높아져 갔다. 웬일인지 문이 열리지 않았다. 수리공이 와서야 고쳐졌다. 문에 붙인 고무 띠가 벌어져 문설주에 걸렸던 것이다. 취기는 고조되었다. 우리 칸은 술칸이 되었고, 술의 칸khan도 탄생했다. 승무원이 들어와 냅다 맥주와 보드카, 안주까지 빼앗아 갔다. 폴리스를 부르겠다는 말이 또 나왔다. 문 고장 고성 항의는 정당했지만 사태를 더 악화시켰다. 무마가 필요해 보였다. 문을 조금 열어놔야 하는데 술김에 쾅 닫아버려 그걸 안에서 고치느라 한참이 걸렸다.

이래저래 승무원 대 형제의 열전은 지나갔지만, '술칸'의 태풍은 식지 않았다. 한 형제가 '술칸'의 손을 꽉 잡고 차근차근 지난날을 이야기했다. 몇 번 손을 빼내려 했지만, 더 꽉 움켜잡고 이번에는 노래까지 조용조용 불러가며 진정시켰다. 점점 그 태풍도 잔잔해져 갔다. 그 마지막 장면은 내게 참 감동적이었다.

# 수흐바타르 광장에서
## 함께 춤을

김금용

이르쿠츠크에서 출발한 몽골행 열차를 스물세 시간가량 타고서야 도착한 울란바토르, 반가웠다.

올해만도 두 번째 온 곳이라 그런가, 저녁을 먹고 한가롭게 칭기즈칸 기념관과 동상이 서 있는 수흐바타르 광장으로 산책을 나왔을 때, 같은 우랄알타이어족인 몽고인들을 만나는 게 즐거웠다. 언뜻 그들 말을 듣고 있으면 꼭 우리 말처럼 들리어 이웃을 만난 것 같았다.

더군다나 그날은 공교롭게 독립기념일이어서 광장엔 가설무대가 마련되고 군악대 연주와 군복 입은 성악가들의 노래가 한창이었다. 몽골의 노래는 슬픈 듯 감미로웠다. 남자 성악가는 큰 울림통으로 박력 있게 부르고 있음에도 우리의 곡처럼 한이 서린 듯 명치끝이 아려왔다.

스무 시간 이상 열차를 타고 오며 러시아 공산주의식 통제와 구속감을 경험한 우리 사막의형제들은 거기에서 벗어났다는 해방감 때문인지, 그 분위기에 휩쓸려 광장 한복판에서 춤을 추기 시작했다. 누가 먼저랄 것도 없고 무슨 춤이냐 물을 것도 없었다. 어둠이 깔린 광장으로 퍼지는 음악은 절로 신바람을 키웠다. 몽골의 독립일 기념 축제에 한국인들이 춤을 추자 몽골인들은 조금 의외라는 듯 바라보더니 이내 그들도 반갑게 다가와 춤을 추기 시작했다.

　무슨 언어가, 인사가 필요하랴. 이미 우린 몸으로, 미소로, 눈짓으로 소통 중인걸. 몽골이나 한국이나 세계 유일의 분단국가라는 공통된 울분과 한을 춤으로 풀어내고 있었던 것이다. 별이 흐르듯, 우리의 꿈이 흐르듯, 소와 말과 양떼가 무리 지어 가듯, 우리는 한 시대를 동행하고 있었다. 이어 어두운 하늘가로 터지는 폭죽에 환호성을 지르며 더 크게 넓게 몽골 아저씨와 몽골 여인과 손을 잡고 돌았다. 웃음이 사랑이 꽃으로 폭죽으로 피어나는 순간이었다.

# 눈마다 다 제각각인
# 테를지 국립공원 만물상

### 이경철

울란바토르에서 테를지 국립공원으로 가는 차 안. 전날 전통민속공연관서 뼈저리게 들었던 음악 소리가 내내 귓전에 맴돈다. 뱃속 깊숙이에서, 혹은 텅 빈 뱃속에서 울려 나오는 듯한 몽골 특유의 흐미 창법, 혼의 음색이 차창 밖으로 펼쳐진 끝 간 데 없는 황야와 함께 달린다.

전날 덜 깬 술과 흐미 음색에 비몽사몽 한참. 한 세상 달리자 전혀 딴 세상이 펼쳐진다. 황야는 사라지고 웬 금강산 절경인가. 완만한 오름을 타고 기암괴석 하나 둘 보이더니 봉우리 봉우리마다 만물 군상 펼쳐진다. "뭐 같다", "아니 다른 뭐 같다" 감탄케 하며 일행들 눈 떼지 못하게 하는 만물상 절경. 이 또한 눈마다, 때마다 다 달리 보일 것을.

그런 절경 굽어보는 높이에 자리한 아리야발 사원. 사원까지 오르는 능선은 천상의 화원. 거센 바람 속에서 제각각의 색깔과 생김새로 땅에 납작 엎드려 피어 향기를 날리며 사원 가는 길 장엄하고 있다. 몽골의 사천왕과 키 큰 금부처님 참배하고 나오니 눈 아래 밀려오는 황금빛 황혼 또한 천하제일경이다.

둥그런 게르 굴뚝마다 피어오르는 하얀 연기. 밥 뜸 들이

는 냄새와 어서 들어와 밥 먹으라 부르는 어머님 온기 아득
하다. 말 타고 작은 시내 건너 숙소 게르로 타박타박 돌아
가는 길. 몽골 초원 황혼 녘이면 보드카 알코올이 알싸하게
현재진행형으로 소환하는 신화화돼가는 추억. 이 또한 순
도 높고 장엄한 현실이리니.

# 대한민국 청년 박은혁 군

김지헌

    사막의 형제들 바이칼-몽골 여행도 어느새 7일째.

    테를지 국립공원을 거쳐 서고비의 일부인 미니 사막까지 가는 일정이다. 지금껏 우리는 실크로드부터 시작해 우즈벡의 키질쿰 사막, 중국의 운남성 차마고도 등을 여행하며 여러 사막을 보고 걸었다. 석 대의 지프에 나눠 타고 어제에 이어 다시 초원이다. 이 넓은 초원에, 길도 제대로 없는 초원에 내비게이션이 있을 턱이 없지. 자동차의 기사들이 드넓은 초원에서 내비게이션도 없이 목적지를 정확히 찾아간다는 것이 참으로 신기했다. 초원은 허브 천지라서 풀 내음이 향기롭다. 손으로 스치면 손바닥에 허브의 잔향이 남아 코가 시원했다. 아침이면 초원으로 출근하는 소, 말, 양, 염소, 야크 등 온갖 초원 식구들의 배설물이 여기저기 널려 있으나 역한 냄새가 나지 않는 것도 신기했다. 우리나라에서 지평선을 보려면 전라도 김제 땅까지 가야 했으나 여기 몽골에선 끝도 없이 지평선을 보며 달리고 구름 그림자가 넓은 그늘을 만들어주는 한없이 평화로운 땅이었다. 울란바토르 같은 대도시 외엔 아예 땅값도 매기지 않는 대지……

초원을 달리다 잠깐씩 허브밭에서 쉬곤 했다.

어느새 주변의 나무에는 조금씩 단풍 드는 모습이 보인다. 풍경에 취하다 보니 갑자기 태극기가 보이는 것이었다. 자동차도 아니고 자전거에 태극기를 매달고 젊은 남자가 열심히 페달을 밟고 있다. 누구랄 것도 없이 우리는 반가운 마음에 차를 세우고 그가 오기를 기다렸다. 28세의 박은혁 군. 작년 7월 5일 서울에서 출발, 인천항에서 배에 자전거를 싣고 중국을 거쳐 현재는 몽골을 여행 중이고 곧 러시아를 거쳐 영국으로 갔다가 내년 5월 한국으로 돌아올 예정인 젊은이. 서울에서 공기업에 다니다가 20대가 가기 전 뭔가 앞으로의 인생에 방점을 찍고 싶어 자전거 여행을 계획했다고 한다. 멋진 청년이었다. 공기업이면 안정적인 직장인데 휴직도 아니고 과감하게 퇴직하고 남은 긴 인생에 도전장을 냈다는 것. 그런 용기가 가상하고 아름다웠다. 요즘처럼 우리나라 젊은이들이 힘든 적이 있었나. 취업난으로 도서관에서 시간을 쪼개 쓰며 연애도 사치라고 여기는 세대들 아닌가. 우리는 같이 사진을 찍고 파이팅을 외치며 그의 앞날에 귀한 시간이 되길 기원했다.

다시 지프를 타고 출발, 길을 달려 유목민 마을에 도착했다. 비가 오락가락하기 시작했고 저녁 식사 전까지 시간이 남아 우리 여자들은 우산과 비옷으로 무장한 채 우리를 방목하기로 했다. 초원 어디서나 볼 수 있는 양 떼와 멀리 보이는 미니 사막까지 걸으며 10대 여고생들처럼 날아가는 새 떼를 보거나 발밑의 야생화에 그저 행복했고 깔깔댔다. 우리가 떠나온 곳, 가족, 심지어 문학까지도 내려놓고 방문객이 아니라 초원의 말이라도 된 듯 자유로웠고 각자 들고 온 스카프나 비옷으로 패션쇼를 하듯 온갖 포즈를 잡아가며 마냥 즐거웠다. 모처럼 여행의 해방감을 맘껏 느낄 수 있는 시간이었다. 고급 호텔도 아니고 세련된 거리가 있는 도시도 아니고 달리고 달려도 똑같은 초원과 풀 뜯는 가축 떼가 전부인데 이 몽골 땅은 진정한 여행의 기쁨을 주는 곳이었다. 다만 아쉬운 것은 몽골의 전통 가옥인 게르도 현대화가 되어 게르촌이 너무 밝아졌다는 것. 어릴 적 고향에서 밤하늘을 올려다보면 세상의 모든 별들이 마실이라도 나온 듯했던 추억을 떠올리며 몽골의 공해 없는 하늘에서 쏟아지는 별들에 취해보고 싶었는데 게르촌은 밤새 가로등 불이 환하고 서울 하늘이나 별반 다를 게 없었다.

지금껏 고생을 감수하면서도 사막을 찾아다니고 고산의 오지를 트레킹하며 여행의 동행을 넘어 형제들이라고 스스로 칭하는 것 우리 사막팀. 앞으로 얼마나 더 동행할 수 있을지 모르겠지만 건강이 허락하는 한 우린 계속 세상의 오지를 찾아 나서지 않을까.

# 여행 8일째, 세 번째 게르까지 9월 6일

이상문

눈을 뜨자 낮게 내려와 있는 둥근 천장이, 자고 난 곳이 어디인지를 알려준다. 이곳은 바얀고비 여행자 캠프에 있는 게르 속이다. 여행 8일차 이런 방식의 숙박이 두 번째다. 춥다.

게르식 아침을 먹은 뒤에 찾아간 곳은, 어제 오는 길에 그냥 지나쳐 왔던 엘승타사르해(리틀 고비)다. 초원 속에 색다르게 형성된 모래벌판이라서 '리틀 고비'라고도 부르는 것 같다. 모래언덕이 30미터쯤 솟아 있고 그 밑으로 모래벌이 펼쳐져 있다. 언덕배기에서 플라스틱 썰매를 타보는 체험이다. 애들처럼 낄낄거리며 한 차례씩 타본다.

다음으로 찾아가는 곳이 하르호른이란다. '검은 숲길'이란 뜻을 가졌다 하니 더욱 호기심이 일었다. 거기서 한 시간쯤 걸리는 거리에 있다고 했다. 초원 속으로 길을 떠난 뒤에 이 정도의 시간이 걸리는 곳이라면, 아주 가깝다는 생각이 든다.

멀리서도 하얀 불탑들이 일정한 거리를 두고 옆으로 담을 이루고 늘어선 정경이 눈에 들어온다. 모두 108개란다. 옛 몽골 제국의 수도라 하더니 성벽의 형태인 듯싶다.

칭기즈칸의 셋째 아들인 우구데이칸(재위 1229-1241)이

34

13세기 초에 이곳에 수도를 건설했다. 1271년에 쿠빌라이 칸이 몽골(원) 제국을 세워 중국의 베이징 근처로 천도할 때까지 이곳이 수도였다는 것이다. 하지만 제국의 쇠락·멸망과 함께 하르호른은 역사의 '검은 숲길' 속으로 그 모습을 감추게 되었다. 이후 1889년에야 초원 속에서 유적이 발견되었고, 그 뒤로 50년이 흐른 뒤에야 러시아 학계의 도움을 받아 조사를 진행할 수 있었다.

겨우 궁성의 규모 정도만 알 수 있도록 복원된 곳에 사람들의 발길이 끊이지 않는 것은, 그 안에 16세기 말에 지어진 몽골 최초의 불교 사원인 에르덴조 사원이 있기 때문이라 했다.

성안으로 들어서면 당연히 에르덴조 사원의 전각들을 둘러보게 된다. 2층 지붕으로 돼 있는 전각들은 처마를 맞대고 옹기종기 한쪽에 모여 있다. 정수리와 어깨가 천장에

닿고 벽에 닿을 정도로 대웅전에 들어앉아 있는 부처상들
이 매우 낯설다. 형태도 그렇지만 그 목적과 의미가 퍽이나
원초적이다. 박물관의 어딘가에는 여자아이의 대퇴골로
만들었다는 피리도 하나 보관돼 있다. 사람의 존재 의미가
이들에게 무엇이었는지를 알 것 같다.

두 개의 탑들은 그 양식이 매우 독특하다. 크기나 생김새
가 오밀조밀하고 아기자기하다. 어디에서도 볼 수 없었던
건축양식이다. 삼각형이나 사각형 혹은 다각형으로 지붕
을 늘어뜨렸고, 출입문들을 덮고 있는 지붕은 여러 층으로
쌓여 있다. 그것이 중국과 티베트, 그리고 인도의 영향까지
받았기 때문이라 한다. 따로 있는 게르 한 채는 민속박물관
인 듯하다.

성곽 밖으로 나오자 기념품 가게들이 즐비하다. 수도인
울란바토르를 떠난 뒤에는 이만한 가게들을 처음 보게 된
다. 관광객들이 몽골 전통 의상인 '델'을 입고 사진을 찍거
나 매와 함께 사진을 찍기도 한다. 델은 중국의 전통 의상
과 꽤나 흡사하다. 모자까지도 장식이 요란하다.

하르호른의 뒷동산 자락에 돌로 거칠게 만들어놓은 절
구통과 절굿공이가 전시돼 있다. 음양석이다. 다산이 다복
이었음을 보여준다. 여근석에 가득한 쓰레기가 신경 쓰인
다. 그리고 가까이에 화강석으로 말끔하게 깎아 세운 남근
석이 우뚝 서 있다. 둘 모두 근간에 세운 것 같은데 그 형태
가 서로 크게 비교된다. 남근석이 칭기즈칸을 상징한다 했

다. 역시 퍽 원초적이다.

꼭대기에 만들어놓은 오워가 보인다. 주위에서 희게 빛
나는 것들이 말 머리뼈들이라 한다. 제물을 대신하는 것 같
다. 사람들이 기원할 수 있는 대상이 그곳에 다 모여 있다.
다산과 안전과 풍요.

이제 300킬로미터를 차로 달려가야 한다. 쳉헤르 항가이 리조트라 한다. 마지막으로 숙박할 게르촌이다. 그런데 하늘빛이 그새 더욱 어두워져 있다. 수상하다. 비가 내리면 어떡하나. 경험해보지 못한 일이지만 불안감보다는 궁금증이 더 커진다.

울란바토르를 출발해서 3일 낮 동안을 달려가는 셈이다. 그런데 어디까지 왔고 어디까지 가는 것인지 감이 오지 않는다. 늘 초원이었고, 그 위에서 흘러 떠도는 가랑잎 같은 염소 떼며 양 떼며 소 떼며 말 떼였다. 그리고 흰 점처럼 한두 채의 때가 탄 게르들이었다. 서쪽으로 가면 4천 미터급 알타이 산맥의 고봉준령들이 있다는데 우리는 반대쪽으로 멀리멀리 떠나온 셈이었다.

마지막 숙박지로 가는 길은 다르다. 어느 때부터 아스팔트 외길을 벗어나 차가 둔덕진 산길을 가고 있었다. 그때부터 비를 뿌리기 시작한다. 쏟아지는 것은 아니다. 산길이라 해서 나무들이 우거졌거나 쌓인 바위들이 지키고 있거나 할 것이라고 생각하면 잘못이다. 그냥 키가 바닥에 붙은 풀들이 깔려 있는 정도다.

뿌리듯이 비가 내린다 한들 뭐 어쩌랴. 그런데 사정이 그게 아니다. 내린 비가 땅속으로 스며들 줄을 모른다. 그러니 그냥 지표의 낮은 곳을 찾아 흘러들 수밖에 없는 형편이다. 조금만 경사진 곳이라면 미끄럼틀이 되고 그 밑에는 도랑이 흐른다.

달리던 차가 곧장 이리저리 미끄러진다. 그때마다 방향
이 틀어진다. 그러나 기사는 당황하는 기색이 없다. 곧 방
향을 바로잡아 앞으로 나아간다. 물도랑을 건널 때는 과감
하다. 망설임 없이 바로 나간다. 운전기사가 한껏 솜씨를
뽐내고 있음이다. 우리가 잇따라 질러대는 비명이 힘이 되
기라도 하는 것 같다. 그러던 것이 이번에 휙휙 돌더니 차
머리가 반대 방향으로 가 있다. 그래도 당황하지 않는다.
그대로 후진시킨다. 후진이 곧 전진이니까. 그런 뒤에 때를
보아 차머리를 제 방향으로 바꾼다. 그러나 차는 결국 쳉헤
르 항가이 리조트에 이를 수 있는 등성이를 넘지 못한다.
다행히 비가 그쳐가고 있다. 우리는 그만 내려서 걷는다.
사람이 걸어도 길은 역시 미끄럽다.

쳉헤르 항가이 리조트는 2인용 게르들이 산자락 등성이
에 좌우로 길게 올라앉아 있다. 당연히 전망이 시원하게 확
보된다. 그동안 묵었던 게르촌들과 비교될 수밖에 없다. 입
구 쪽의 업무동에 들어 있는 편의 시설들도 그렇지만, 노천

온천이 있다는 것이 특징이다. 산책로들도 눈에 환히 들어온다. 모처럼 작은 숲도 만날 수 있다.

　비 그친 저녁에 노천 온천에 몸을 담그는 일, 쉽게 해볼 수 없는 일이다. 더욱이 제법 쌀쌀한 늦가을 비가 지나간 뒤다. 사방 천지에 그리움이 떠다닌다. 초원에 어울리게 좀 부실하고 초라한 욕조여서 더욱 그런 느낌이다.

　그 때문이었을까. 저녁을 먹고 나면 어느 게르엔가 모여서, 그렇게 용감하게 밝히던 독주를 이날 밤에는 모두가 거리를 두는 듯하다. 아니면 꽤 지쳐 있기 때문이었는가.

　여기서 문제가 생긴다. 화부들이 게르마다 찾아다니면서 난로에 붙여준 장작불이 제대로 타지 않는다. 그런데 다

시 왔던 화부는 또다시 오지 않는다. 어렵게 불이 붙었다 해도 한 시간이면 다 타버린다는 것을 경험으로 모두가 알고 있다. 다음 날 새벽까지 추위를 견디려면 자신의 체온을 알아서 잘 관리하는 수밖에 없다.

그런데 술에 취한 동숙인 시인이 기어이 게르의 출입문을 열어놓고 자야 한단다. 대단한 고집이다. 죽도록 패주고 싶다. 그러나 참아내고, 그대로 하자 한다. 새벽에 추위 때문에 잠이 깨서 침대에 웅크리고 앉아 있던 내가 축복을 받는다. 다녀올 곳이 있어서 제 게르를 나온 여류 시인이 출입문이 열려 있는 것을 보고 잘못 찾아든 것이다. 얼마나 놀랐겠는가. 일찍 잠이 깨지 않았다면 어떤 일이 일어났을까.

# 호스타이 국립공원

김일연

전날 감기 기운으로 온천욕을 못 하여 아침에 혼자 하였다. 비 그친 끝없는 상쾌한 하늘과 그 하늘과 나란히 달리고 있는 초록 들판, 맑은 공기, 알맞게 뜨겁고 새로 채워 깨끗한 그 매끄럽기가 다른 데서는 볼 수 없는 양질의 온천수, 부산한 아침 분위기를 피한 조용한 주위, 예까지 달려와서 그냥 떠났다면 모를 야외 온천의 즐거움이었다.

오늘은 호스타이 국립공원으로 야생의 동물들을 보러 가는 날이다. 어제는 자동차 바퀴가 빠지는 진창길을 달려왔지만 오늘의 길은 내내 눈이 시원한 드넓은 대평원의 부드러움이었다. 그리고 그 평원엔 땅에 붙어사는 야생화와 허브가 가득하였다. 가끔 향기로 가득한 아득함 속에 우리 모두 둥글게 둘러앉아 쉬어 가는 것도 서울에서는 가질 수 없는 평화로움이다. 느림은 자신에 대한 확신과 자신감이라고 했던가. 스스로에 대한 확신이 없다면 이 황무지들이 이렇게 인간이 생각할 수도 없는 느림의 속도로 갈 수 있을까.

호스타이 국립공원에서 우리의 목표물은 야생마였다. 그러나 좀처럼 모습을 보이지 않는 야생마. 아마도 우리가 다가가면 다가갈수록 점점 더 깊은 곳으로 들어가는 듯했

다. 그들은 거기 있으니 지켜야 할 순수는 지키게 두자. 그
러나 순수 혈통이란 너무 유약한 것이니 그것은 곧 사라지
고야 말 것이 아닌가. 이 시대에 시인이 이토록 많다는 것
은 그들의 대다수가 더 이상 순수하지 않다는 것이다.

밤은 바람이 불고 겨울처럼 추웠다. 게르마다 난롯불이
꺼지자 불을 피우느라고 객들은 한동안 떠들썩했다. 떠들
썩함도 잠시일 것이다. 이 과묵한 몽골을 언제 다시 만나
리. 우리 모두는 객, 지상의 유목민에 다름없으니.

# 몽골에서의 마지막 날

윤효

간밤의 호스타이 여행자 캠프 게르는 추웠다. 난로를 밤새 피워야 했는데 젖은 장작에 그 양도 터무니없이 적었던 탓이다. 에서 제서 게르의 문을 열고 난로를 피워달라고, 장작을 더 달라고 외쳐댔으나 응답이 없었다. 관리사무소로 보이는 건물을 더듬더듬 찾아가 보았으나 인기척이 없었다. 직원들이 모두 퇴근해버린 것이다. 아니, 수많은 게르에 여행자들을 받아놓고는 어찌 이럴까? 그동안 거쳐 온 테를지 로지와 바얀고비, 항가이 리조트의 게르들은 온기와 인정이 따뜻했었는데 명색이 국립공원이라면서 어쩌면 이럴 수가 있을까? 나중에 알고 보니 국립공원의 직원 근무 시간이 끝나는 바람에 그랬다는 것이다.

철밥통의 씁쓸한 역기능을 절절히 경험한 밤이었지만 난세에나 난다는 영웅을 만난 밤이기도 했다. 영웅은 사막의형제들 열두 명 속에 있었다. 이경 시인이었다. 게르마다 난로가 꺼져 아우성일 때 이 영웅은 여섯 개의 게르를 돌며 불씨를 살려내고 있었다. 이런 일쯤은 어릴 적 고향 산청에서 이미 두루 터득해놓은 것이라는 듯 매운 내만 풀풀 밀어내고 있는 난로를 잘도 다독이는 것이었다. 그러고는 끝내

44

활활 불을 피워내는 것이었다. 이런 소동 속에서 그 밤을
견딜 수 있었던 것은 그리고 아침을 환하게 맞이할 수 있었
던 것은 순전히 그 밤의 영웅 덕택이었다.

호스타이 국립공원 트레킹에 나섰다. 이곳이 자랑하는
야생마는 정작 보이지 않았다. 다만 완만한 산길에서 뻗어
올라간 풀밭은 온통 허브, 허브 천지였다.

서둘러야 했다. 오늘은 8월 30일부터 이어지고 있는 9박

11일 여정을 사실상 마무리 짓는 날이었다. 113킬로미터를 달려 울란바토르로 들어온 일행은 몽골 왕국의 마지막 왕 복드칸의 여름궁전과 겨울궁전을 둘러보고 고비 캐시미어 팩토리에서 옷가지들을 샀다. 이번에 함께하지 못한 최도선 시인과 이정 작가에게 건넬 선물도 거기서 챙겼다. 그러곤 시내 한인 식당에서 마무리 만찬을 나누고 공항으로 향했다. 비행기 KE868편은 자정이 다 된 11시 35분에 인천을 향해 울란바토르 공항 활주로를 박차고 올랐다.

# 그리운 야생마

조연향

9월 9일 0시 25분 인천공항 도착.

이로써 바이칼-몽골 대장정의 마침표를 찍었다. 그리 멀지 않은 거리이지만 그곳과 이곳이 다른 세계임을 절감한다. 상상만 했던 어느 별을 헤매다 돌아온 것처럼, 여기의 지표가 새삼 낯설어진다. 공항버스가 올 때까지 지친 모습의 사막의형제님들은 긴 의자에 눕거나 기대어 고국의 새벽이 밝기를 기다린다. 마치 방전된 전구처럼 얼굴빛들이 희미하다.

가슴속에서는 그곳의 여운이 채 가시지 않고 드넓은 초원의 바람과 바이칼 푸른 물결이 출렁이고 있으리라. 나 역시 공항의 딱딱한 의자 위에 있지만, 여전히 시베리아 횡단열차를 타고 좀 더 깊이 대륙 속으로 거슬러 오르고 있다. 북극성에 조금 더 가까워지고 있는지도 모른다.

언제인가 양과 목축의 피를 뿌리며 떠돌았던 칸의 후예처럼, 말을 탄 유목민처럼 초원을 달린다. 끝없는 자작나무 숲과 노을빛, 오색 꽃들이 반겨주던 몽골의 대지와 구릉들, 그 바람을 맞으며, 앞이 보이지 않는 허공을 달릴 때 나는 비로소 사라졌다.

떠나는 일은 가슴 뛰는 일이지만, 돌아오는 순간은 안도 감과 함께 조금은 허탈하기도 하고 두렵기도 하다. 벗어두 었던 헌 옷을 다시 주워 입고 잊었던 삶의 누추함과 마주해 야 한다는 일이 그렇다. 마침 공항 유리창에 비치는 내 모 습이 더더욱 그러하다. 조금은 쓸쓸해지는 감정을 스스로 외면하면서 일상 속으로 걸어 들어간다.

날이 밝자 모두 마지막 인사를 나눌 사이도 없이 언제 흩 어졌는지. 형제들의 뒷모습이 새벽안개 속에서 사라져갔 다. 서울이 가까워져 올수록 아침은 뿌옇게 깨어나고 있었 고, 우리 동네에 도착했을 때, 멀리 산등성이를 넘어가던 한 마리 야생마가 다시 그리워졌다.

또 설레는 눈망울로 언제쯤 여기서 만날 수 있을까, 확실 하지는 않다. 그러나 분명한 것은 우리는 늘 험난한 여정의 문장을 꿈꾸고 있다는 점이다.

# 새벽, 안개 속으로 사라지다 9월 9일

**홍사성**

드디어 열흘간의 여행이 끝났다. 인천공항에 내려 입국 수속을 마친 형제들은 하나 둘 새벽안개 속으로 사라졌다. 조금은 서운하고 조금은 피곤한 표정들이었다. 집으로 가는 공항열차 속. 눈 감고 생각해보니 그동안 걸었던 길이 주마등처럼 지나간다.

벌써 네 번째다. 2016년에는 실크로드, 2017년에는 우즈베키스탄, 2018년에는 차마고도, 그리고 2019년에는 바이칼과 몽골이다. 한 번 나갈 때마다 열흘씩이면 지난 4년간 우리는 40여 일을 같이 산 셈이다. 우리가 스스로를 '사막의 형제들'이라고 부르는 것은 이런 인연을 귀하게 여기기 때문일 것이다. 어느 해던가 누가 불쑥 "혹시 형제들 중에 먼저 죽는 사람 있으면 우리는 단체로 조문 갑시다"라고 말해 화르르 웃은 적이 있다. 어머니는 다르지만 두터운 형제애가 쌓였다는 공감이었다. 우리는 그 웃음을 기억하고 있다.

다음에는 또 어디로 갈까. 정해진 것은 아무것도 없다. 우선 떠오르는 생각부터 정리하는 게 당장 할 일. 스마트폰 노트를 열었다.

몽골 초원 인상
 - 영재 형님이 초원에서 중얼거린 말


여기서는 백날 돌아다녀 봐야
시 몇 줄 얻기 어렵겠다

소설이라면, 첫 줄만 시작하면
앉은자리에서 만 장이라도 쓸 수 있겠다

누구처럼 목 놓아 울기로 하면
천 일쯤도 울 수 있을 것 같다, 여기서는

김금용

# 바이칼, 둥근 자궁

물 냄새가 파랬어 잇속이 시렸어 만년설산 치마를 두른 삼신할매가 기다리고 있었나 봐 조약돌이 쓸려 갔다 되돌아오는 물결 소리가 내 안의 잠든 우물 문을 열었어 내 자궁 안에서 지켜내지 못한, 별이 된 아이가 날 불렀어 엄마 품을 파고들던 내 아이가 보였어

지구를 끌어안은 서낭당 늙은 나무엔 속울음이 가지마다 옹이로 박혀 있었어 바람도 오색으로 물들어 성물을 세우고 잉태를 점치는 오색 깃발에 매달려 눈물을 닦았어

몇 날 며칠을 지치지 않고 달려온 내게서 어미 냄새가 났을까, 아기별이 물결에 밀리면서도 내 머리 위에 어깨 위에 손바닥에 내려앉았어 새벽이 되도록 내 품에 안겨 꼼지락거렸어 바이칼 호수는 내 어머니의 어머니에서부터 둥근 자궁이었던 거야 난 여전히 엄마였던 거야

# 경계 밖에 서 있다


한 무리의 소와 말이 차도 위로 흘린 노을 자락을 밟으며
건너간다 낯선 동물이라고 내겐 눈길도 주지 않고 지나간다

나와 그들 사이엔 공유할 교집합이 없었던가

신호등을 지키는 내가
몇 겹의 옷으로 배꼽을 가린 내가
인사 없이 지나가는 그들 앞에서
왜 이리 부끄러운가

# 들풀 춤사위

등 뒤에서 바람이 날 안아줄 때 좋아라
세포 하나하나 살아나서 온몸이 간지러워라
무지개 둥근 바람을 닮으려고 어깨를 펴면
두 팔 두 다리 절로 붕붕 떠올라라
중지와 검지를 모아 하늘가로 화살을 쏘면
두 장딴지에 힘이 모아져 하늘로
힘차게 날아오르는 독수리가 되고
다리 하나 올려 곧추서면 우아한 학이 되고
장난스레 열 손가락 펼쳐 가볍게 뛰어내리면
팔괘 중 원숭이도 되니 어떤 모양이든 자유로워라

춤사위엔 노란 경계선도 가드레일도 없어라
언어도 나이도 남녀 구분도 필요 없어라
눈으로 말하고 마음으로 시선을 마주하면
민들레도 엉겅퀴도 웃어라
느티나무가 부채질해주고
고양이랑 강아지랑 날아가던 참새
어깨춤 추니 좋아라
밟히고 뜯어 먹혀도

들꽃이 들풀이 춤추며 웃는 초원
나도 들풀이 되어 바람이 되어
무거운 옷 벗어 던지고
나를 벗어나 나의 경계를 허무니 좋아라

# 호미*

철옹성이 무너지네 단절의 벽이 무너지네 울음통이 출
렁거리네

돌무덤 오워**를 돌며 기도했네 목울대를 세워 길 떠나
는 검은 말을 불러 세웠네

다문 입술 안으로 쟁여둔 더운 눈물이 제 안의 현을 두들
길 때 다가서는 너와의 거리, 떠나가며 내미는 한 걸음의
거리

잠들지 않는 시름에 목젖은 붓고 명치 아래 통증은 깊어
지네
　마두금 두 줄 안에서 넘실거리는 강물
　토하고 비어서
　뿌리까지 붉게 물든 피뿌리꽃

빗장을 열고 푸른 천상으로
낮고 깊은 내 안의 이야기를 고하네

꽃 피우고

꽃 진 자리

일어서는 네가 보이네

\* khoomei. 몽골 투바족 전통음악의 한 창법. 산과 강, 바람, 동물 등 자연
의 소리를 복식호흡을 통해 일곱 가지 소리로 만들어내는 독특한 음악.
\*\* 몽골 샤머니즘의 상징물. 죽은 이를 위해, 혹은 떠나는 이를 위해 작은
돌을 주변에 던지면서 세 번을 기도하며 돈다.

# 길 아닌 곳 없다


몽골 초원으로 나가면
길 아닌 곳 없고
길인 곳도 없어
말 두어 마리 앞으로 달려 나가고
들꽃에 머리부터 박는 양 떼 지나가고
마유주 실은 트럭도 무심히 따라간다

막 태어난 키 작은 들풀들
밟아도 다시 몸 일으켜 푸른 휘장을 친다
누가 오고 누가 떠나갔는지
알 수가 없다
내가 타고 온 검은 말도
앞만 보며 걸어간다

내가 본 것은 무엇인가
내 안에 가둔 채
안 보인다 했던 것은 무엇인가

마음 시키는 대로

발 딛는 대로
나도 길 나설 뿐이다

# 새파란 거짓말

바이칼 호수가 새파랗다지만
호숫물에 뛰어들어 보면
발가락 한 개도 파랗게 물들지 않네

하얀 뭉게구름 만져보려고
하늘로 날아올랐지만
몸도 손도 하얗게 바뀌질 않네

시베리아 열차를 타고
러시아 넘어 몽골 국경을 넘어가도록
자작나무 숲과 바이칼 새파란 물뿐
경계는 어디에고 없네

서울 들어가면
아이에게 뭐라 말해야 하나
내 손가락, 발가락
열 개씩인 것만 진짜이네

# 까실쑥부쟁이꽃

까실한 가시내 노랑나비 날갯짓에 짧은 입맞춤에 바이
칼 모진 칼바람을 견뎌냈구나

물정 모르는 연보라 치마 펼치고 꽃잎마다 귓바퀴를 높
이 세워 어린 새의 발자국 소리에도 화들짝 눈 떴구나 암술
수술 다 뒤꿈치 들고 기다렸구나

질척거리다가도 냉큼 멀어져 가는 시베리아 횡단열차,
바퀴 소리가 빗장을 열었구나
까실까실해서 아무도 손대지 못하게 바닥을 기면서도
하늘을 떠받들고 앉았구나

## 나를 사랑하는 밤

게르를 두들기는
쳉헤르 삼나무 숲,에 갇힌 빗줄기
어둠도 몸을 떠는 사나운 외침 소리에
발 없는 삼나무들만 고스란히 시끄러운 추위를 견디며
섰다

둥그런 천장을 향해 붉은 빛을 쏘는 장작불
빗줄기에 도망친 별 조각을 찾는다
별무리들이 이불 속으로 기어들었을까
팔다리 사이로 따뜻한 별이 만져진다
외로울 고孤는 배앓이 가슴앓이 고독蠱毒보다 더 독해서
몽골 초원에서 맞는 가을비는 고독사하기 좋지만
시베리아 횡단열차를 타고 지프차를 타고
내 사랑 내 별을 찾아 몇 날 며칠 헤맨 줄 알고
내 젖은 발과 시린 손을 쓰다듬는다
어둔 빗속에서도 서낭당 오색 깃발의 기도문 외는 소리
내 꿈을 먹고 부풀어진 솜이불 속으로 파고든다
내가 나를 사랑하는 밤이다

김영재

# 유목의 식사


어설프게 말을 몰아 돌아온 몽골의 밤

유목의 낯선 식사는 야생 염소 통구이

육질은 비리고 질겼다

나의 삶도 그러했다

# 헛꿈도 꿈이다

몽골 여행 떠나자 홍사성이 졸랐다
예쁜 색시 말 태워 지는 해 바라보며
힘겹게 살았던 일 접고 휘파람도 불어보자고

우리 삶이 별거냐 헛꿈도 꾸어보자
어쩌다 꾸는 꿈을 부질없다 누가 하랴
몇 생을 돌고 돌면서 헛꿈 꾼들 어떻겠니

꿈 없는 그 사람을 너와 내가 부러워할까
낯선 땅 드넓어 아무 데나 갈 것 같았지
별들은 무더기 내리고 갈 곳 없던 그날 밤

# 바이칼 바람꽃

바람꽃을 보여줘
바이칼에 핀 그 꽃

봄 되면 고향 뒷산에
꿩의바람꽃 피는데

혹한의
시베리아 땅
바람꽃 핀다는데

# 비 오는 밤

초원에 밤이 오고
이틀째 비가 내렸다
젖은 장작 쉽사리
불이 붙지 않았다
매캐한
연기를 마시며
보드카에 취해 잤다

# 건배사

바이칼에서 몽골까지
열흘은 짧았다

낮밤없이 달렸고
밤낮없이 마셨다

건배사
윤효 시인 담당

바이칼! 하면 몽골!
다 함께 건배!!

# 겸손

게르의 낮은 문틀에 이마를 자꾸 찧었다
들어가고 나갈 때 몇 번씩 되풀이했다
머리를 숙이지 않고 겸손을 모른 탓이다

# 새벽 별

시베리아를 출발한 몽골행 열차를 탔다
자작나무 숲 지나 초원을 달렸다
국경을 지날 무렵에 새벽 별이 길을 물었다

# 몽고반점

난생처음 대평원에서
지는 해를 보았다

바람 소리 화살처럼
거칠 것이 없었다

사막의
끝자락에서
몽고반점 해가 졌다

김일연

# 푸른 칼

어머니의 자궁에 웅크린 태아였네

이 꿈에서 깨어나 나도 새로 태어나리

심장에 너를 꽂는다, 바이칼의 푸른 칼

# 엉겅퀴꽃

하늘은 쏟아놓은 깊은 암청색이다

풀숲은 아우성인 두터운 암녹색이다

그 품에 자줏빛 핏자국 선명하게 찍혀 있다

온몸의 면역 세포가 상처로 달려오듯이

뜨거운 여름날이 꿈틀거리며 몰려오는

내 안에 지워지지 않는 너는 핏자국이다

# 서고비의 향초 香草

차창을 열뜨리니 허브 향이 쏟아진다

잡풀 다 뽑아내고 향초를 심어야겠다

향기가 퍼져가도록 창문을 열어야겠다

# 만개

네 눈길이 닿으면
소스라치는
허공

그때에 못 한 말은
지금도 말할 수 없어

온몸에 벼락 맞듯이
토해내는
꽃송이들

# 유목의 비가

늙은 독수리는 발목이 묶였건만
아무리 세월 가도 마음 길들지 않고
첫새벽 이슬 내린 곳에 저녁 이슬 내리지

대평원 어디엔가 산다는 야생마처럼
막막한 마음 어디 숨어 있는 사랑도
구름을 뜯어 지은 집 무덤으로 드는 밤

백골의 말 머리들 모래 위에 뒹굴고
안고 있는 당신도 찬 바람에 흩어지면
한숨은 가슴을 찢고 마두금을 울리네

# 몽골

흙에 딱 붙어사는 풀꽃들의 세상 멀리

소 말 양 염소 떼도 엎드린 지평선에

해 지면 하늘로 오르는 밥 짓는 연기 한 줄

# 윤슬, 바이칼

우아한 비행으로 날아 앉는 새 떼와
튀어 오르며 흐르는 물의 긴 손가락이
달빛의 줄을 고르며 호수를 탄주하다

이리 빛날 일인가, 물거품을 만드는 일
삼천만 년 물결 위에 한 물결쯤 되랴
그 물결 반짝이면서 벅차게 밀려온다

서툰 물수제비가 남겨놓은 주름들
우리는 어떤 무늬 서로 지었을까나
내 곁의 네가 좋아서 글썽이는 은빛 눈물

# 오프로드

비가 내려 패이고 질척해진 수렁을
젊은 기사의 차는 야수처럼 지르다가
급기야 미끄러지며 펑그르르 돌아버린다
뒷바퀴가 박히며 출렁, 하고 멈췄다
전복되지 않은 게 천만다행이었다
젊음에 전복되지 않고 모두 무사하였다

# 고원의 제단

그대 위한 허르헉*
내가 양이 될게요

맑은 물 한 동이만
서늘히 부어주세요

엎드려 번제 올려요
가없는 이 여백에

* 몽골의 전통 음식 양고기 바비큐.

# 몽골 후기後記

풍경과 풍경 사이 사람과 사람 사이

대지의 빈 페이지를 갈피갈피 끼워 넣다

대청에 바람 통하듯 서로 잘 통하고 있다

김지헌

# 방목

-바이칼시편1


나를 방목하고 싶었다


말과 양과 염소의 땅
우리는 횡단열차와 여객선과 지프를 몰며
온통 초원을 헤집어놓았다


여기까지 오는 동안 발뒤꿈치가 조금 까지고 피가 배어
나왔다
이 정도 상처라면 아직 멀었을 것이다
살아내는 일은 꽤 능란해졌으나
사는 일은 갈수록 난해하다


바람의 매질에 더 많이 찍히고 두드려 맞아야 할 것 같다


방목되고 싶다……나도

# 칼과 달
### -바이칼 시편2


시베리아의 푸른 눈이라고 했나


열세 개의 나무 기둥 사이 의식이 시작되었다
타이가 숲의 샤먼이 가면을 벗고
아슬아슬 칼날 위로 올라섰다


팽팽하게 대치하고 있는 달빛과 칼날 사이
먼저 결투를 청한 것은 달빛
그의 방도는 오직 하나


단번에 내리긋는 일도양단一刀兩斷


바로 저거다
칼이 없어서 염천의 사위질빵처럼 흐물흐물해진 게 아
니다
마음 훔치는 일이 무자비한 칼질로는 어림없다는 듯
달빛이 공평하게 제압해버렸다

# 슬픔 한 잔
-바이칼 시편3

원두를 갈고

아주 천천히

여과지를 통과시켰습니다

한 번 더 걸러내니

찌꺼기 하나 없는

말갛게 떠낸 눈물 한 잔

먼먼 바이칼에 떨어뜨린

별똥별 하나

# 노는 법

바이칼에 가려거든
새우깡을 반드시 챙기시라
육자배기 가락에 흘러온 갈매기들
젓가락 장단 대신
오늘은 새우깡이다


횡단열차 여승무원은 한물간 소비에트 완장 흔들어대며
이국의 갈매기를 짐짝 부리듯 한다


사막을 건너온 갈매기들
스물세 시간 횡단열차에
세 시간 짐짝으로 흔들리다 도착한 알혼섬


스탈린의 박해에 시달리던 카레이스키는 이제 없다
육자배기, 아리랑 가락 어느새 K-pop으로 세계를 제패
하고
노는 법 확실하게 보여주는
불사조 갈매기들
새우깡 하나면
소비에트 갈매기도 제대로 길들여 줄 것이다

# 자작나무 도서관
### -바이칼 시편 5

흰 책을 통독한 적 있다
전신이 새하얀 책은 몸집도 거대해서 끝까지 읽어내기
엔 난해했지만 읽고 또 읽었다

아주 먼 곳에서 걸어왔으므로 잔등이 긴 말이 필요했다
갖고 있던 책을 모조리 읽어버렸으므로 좀 더 특별한 책
이 있는 곳
잔등이 긴 말은 나를 깊은 숲으로 데리고 갔다 그곳엔 특
별한 시민들이 살고 있었다 나처럼 아주 먼 곳에서 달려온
사람도 있었다 흰 책들이 줄지어 서 있고 산맥을 넘어온 바
람이 이따금 책장을 넘기고 있었다

봄이었는데도 발밑의 작은 꽃들을 짓밟으며 오른쪽 뇌
는 돌처럼 굳어져 갔던 스무 살의 그 많은 밤들, 무작정 떠
났던 동쪽의 산에서 흰 책을 만났고 한동안 흰 책을 온 몸
으로 들이마시듯 지낸 적이 있다 누구나 그렇지 않은가

만해마을 403호, 그해 겨울에도 보르헤스에서 벗어나지
못하고 쳇바퀴 돌고 있었지

어차피 삶은 쉽게 사라지지 않을 것이므로 더욱 거대한 회오리가 있고 흰 책이 있고 특별한 시민들이 사는 북국北國은 아주 먼 곳에서 걸어온 사람들을 위해 잔등이 긴 말을 준비해놓을 것이다

흰 책의 기억은 나를 줄기차게 일으켜 세울 것이다

언제나 활짝 열려 있는 자작나무 도서관이라면

# 어미
-몽골 시편1


어디선가 기도문이 들린다


간밤에 새끼 양이 탄생했다고 햇살이 금줄을 걸어놓았다


지난밤 깨어 있다가 신비의 소리를 들었는데
도저히 흉내 내기 어려운 대지를 찢는 소리였다


새끼 양이 첫 걸음 뗄 때까지 어미는 맘을 놓지 못했다
창세기 이후로 수없이 제단에 바쳐졌다
배고픈 늑대에게 순식간에 먹잇감이 되었다
어쩌면 신의 책략일 수도 있지만
어미는 포기할 수가 없다


새끼 양이 젖을 떼고 건초를 먹으며 초원을 뛰어놀 때까지
어미는 눈을 뗄 수가 없는 것이다
어린 영혼이 초원의 가족이 되어
눈부신 햇살 아래 다시 튼실한 아이를 잉태할 때까지


어머니는 그렇게 대지의 뿌리가 되어갔다

# 밥
-몽골 시편2


사막을 걷다 보니 밥 생각이 간절하다
엄마는 나를 낳고서
그 밑에 또 딸 딸
끝으로 아들 하나 더 낳고 문을 닫았다
우리는 엄마가 물어다 주는 밥을 잘도 받아먹었다

엄마의 알들이 문지방을 넘어
세상으로 나갈 때까지
집 안에서 평생 밥만 지었다
내가 시를 지을 때 엄마는 지금도 혼자서 밥을 짓는다
구순 고개 바라보는 엄마
여전히 자식들 밥 떠먹여 주는 게 세상 사는 낙이다
내가 시를 짓는 것보다 엄마가 밥 짓는 일은 아주 하찮은
일이라고 하면서

몽골 사막을 걸으며
이렇게 엄마의 밥이 간절한 것은
그 밥이 나를 여기까지 밀고 와서일 것이다
그 밥 먹고 나도 엄마가 되었으니
밥은 또 이 세계를 밀고 갈 것이다

# 빨래
― 몽골 시편 3


길 없는 길을 달린다
내비게이션이 필요 없는 초원의 광활
우리를 부드럽게 감싸는
고립의 시간 속에서
빨래를 했다

머릿속을 비우고
땟국 흐르는 영혼을,
주머니를 탈탈 털고
돌아가는 길을 지운 채
갖고 온 것들을 깨끗이 빨아
햇살 아래 널어 말린다

몽골 초원 쳉헤르 산 아래
새 주소를 마련했다

김추인

# 유리알 유희

큰 말뚱가리 선회하는 바이칼이다

부르한 바위 앉힌 알혼섬은
바람도 물길도 무심
자갈도 모래알도 속이 훤하다
내 안조차 들킬 것 같다
죽은 들쥐 한 마리 안 뵈는 것이
물 한 굽이
공기 알갱이 한 낱 한 낱
유리알 유희에 골몰 중인 듯
챙강 –
소리 날 것 같은 정결의 극치에
홀린 듯이 물속에 손을 담근 이들
거울 속인 양 물속의 저를 들여다본다
다들 한 삼 년 젊어졌을까
믿어보는 눈치다

너무 맑아 먹을 것이 없는
물의 뜨락

작은 수생들이
물속 이물을 닥치는 대로 먹어치운
때문이라지만
삼천만 성상星霜, 바이칼호는
물의 뼈
그 정신의 고갱이 때문일 것이다

# 바이칼의 딸

들고양이처럼 나, 마을을 빠져나가
이르쿠츠크 어디쯤
호스타이 어디쯤
하늘을 보면
말간 것이 면도날로 도려보고 싶었다
스윽 – 한번 그은 날 아래
뚝 뚝 질
풋내 비슷한 비린내가 날 것이다

모르는 모양이다 다들
내 손에 묻혀 온 시푸른 물내를
나흘 낮밤 징 – 하게 따라오던
바이칼의 물여울이며
비구니의 달거리 닮았을 칡꽃 향을

세상의 모래알로 떠돌 뿐인
나와 부랴트족
그 잃어버린 고리를 생각한다
누리끼리한 낯색과

숟가락으로 더운 국을 떠먹는 것들
길 위에서 한바탕 바람길을 살거나
꿈꾸는 일로 날이 저무는 한통속의

나, 만 리 밖 사람에서 나를 보았다

# 그러니까 뿔뿔이

흩어져 갔으리라 돌도끼족들
온 천지 꽝꽝 빙하의 땅
한 뭉치 침묵으로 얼음 공이었을 행성에
해빙기가 왔다 생각해봐
다 녹아내리지
다 물귀신 되지

수면 솟아 열수熱水의 땅, 바이칼이 호수로 자리바꿈되고
움막이, 석기들이, 열매들이 수몰되는 아득함에 고향을 등
진 채 북으로 남으로 한반도로 죽살이치며 해 뜨는 쪽으로
걷고 걸었으리 발의 역사를 써나갔으리
찰나로 부침했을 신화의 시간
부여 지나 고구려 지나 고려,
솔롱고스, 무지개 뜨는 나라로 이어나갔으리

세상의 맨 처음 하나로 소통되던
식생들과 짐승들의 말이
분리와 불통으로 창백해진 푸른 별,
간빙기의 끝자락인 행성에

불의 고리, 백두를 흔들어 결빙의 주기週期
도래하는 중이란 거 아는 이는 알지

늦은 밤 세르게 아래서 바라본 북두칠성, "뭐라 뭐라" 말
씀이듯 반짝이는 것이
우주 보시기엔
빙하기와 간빙기가 있을 뿐 행성의 몇몇 가인佳人들 살아
남든지 말든지 우주는 그냥 본디대로 우주의 생을 무심히
수행할 뿐이라…

# 고도 古都

고도는 무덤이겠네
한두 겹 역사의 흙을 벗기면
유골들 즐비할 것이네
말발굽 요란히 지나갔을
평원의 공동묘지를 생각하네

한 연대기의 바람이 왔다 가면
지층 아래 몸을 누이는
생의 환호와 꽃들의 자랑

당대의 집기들이며 가축들 정원들이
모눈종이보다 더 촘촘히
순장殉葬되었을 것이네
하르호른karakorum
짧은 영화榮華가 묻힌 왕궁터 너머
개 짖는 소리는
쇠락한 마을이 있다는 흔적!
뉘 상상이나 할까
대몽골 제국의 수도였음을

칭기즈칸
제 무덤 자리 숨긴 채 이름만 성성히 살아
천년을 호객呼客 중이네

# 푸른 할미꽃에게

여기 와 불러보는 가고 없는 이름들
꽃잎처럼 떠내려가다
저무는 물결 위 헛헛이도 흘러가다

늙은 이끼바위 사이
할미꽃 두 줄기 목을 뺀 꽃 모가지
스산해라
바이칼 물빛이더냐
울컥 붉었을 꽃잎 푸른 물빛이라니
낯설다

이제 겨우 꽃대 올려
솜털 속 새아기, 부끄런 꽃술이야
님 그리는 노래, 밀물질 만한데
할미꽃이라?

"꽃아
네 이름 반품하겠다 하늘에 고하거라"

# 바이칼의 반달

북구의 날씨 들쭉날쭉 중
초여드레 흰 반달
낮부터 천공에 걸렸다
달 아래 누릿한 붓질 자국 같은
저건 '오키프의 사다리'* 아냐?
누가 하늘을 오르는 게다
사다리는 검은 능선을 벗어나
달 쪽으로 오르는 중인 게다
우주행 로켓처럼

오키프는 71세 때, 애비퀴우, 제 낡은 벽돌집 외벽에 걸쳐
둔 사다리를 내다보며 그림,〈달을 향한 사다리〉를 완성한다
나이를 걷어차 버린 그녀의
상상력에
나, 잠시 주눅 들었었다
그녀의 사다리를 보겠다고 산타페의 오키프 갤러리를
찾아갔을 땐 문고리에 달아둔 ‒ closed ‒ 팻말 하나 휭∼
하던 월요일!

* 조지아 오키프의 그림〈달을 향한 사다리〉.

# 찻잔 속의 시간
## −상상공작소

상상공방을 열다
겨를 없이 간판 내걸리니
날림이란들 도리 없고
찻잔 속 거울 가뭇없다 싶은데

'호 − 내가 물구나무서 있다'

영문도 모른 채 거울 속 동굴 달리다 그럭저럭 거꾸로 잘
달리다 지구 자전, 초속 466m, 팽팽 돌아도 우리 어지럽지
않듯 내 삶이 포복 아니면 물구나무였으니
거꾸로 열리는 길, 구름 발아래 머물고 호스타이 가는 등
성이 홍 수수, 황 유채, 청 보리 색색이 무지개밭 지나 멀리
벼랑 옆 초지에 '타히' 몇 마리 구름떡쑥을 뜯다
"여기는 상상공작소 눈조리개를 줌인 하라"

급작히 코앞으로 당겨 온 '타히'가 쑥부쟁이 꽃대궁을 뜯
어 먹다 좀 땅딸막하나 콧등 위, 흰 띠를 두른 치장이 당당
하다 암팡진 덩치지만 멸종으로부터 기사회생한 보호종,
인공 생식도 양식도 불가한 절대 자존주의자 야생마다

"타히여 그대 고집 값지다 쉬 허락지 말거라"

# 칸의 기마상

그는 고향을 바라보고 섰다
그의 시선을 따라가면
헨티산이 나올까
어린 테무친 놀던 오논강 언덕바지 나올까

그는 땅따먹기 고수였을 것
세상에서 가장 너른 땅들을
제 말발굽 아래 꿇릴 유라시아를
내다보고 선 저 눈빛 봐
쭉 찢겨 올라간 눈초리라니

칸의 어머니는 바이칼의 메르키트족
우리네 맥족이다
나 또한 기마족 핏줄이라
늘 서성서성 떠남을 꿈꾸는 것이
나로부터조차 떠나고 싶은 것이
그네들 핏줄인 탓일까

기마상을 보고 온 날

언뜻 본 거울 속 여자에게서
시푸른 그의 눈빛을 읽고 나, 아연한다

# 잃어버린 시간을 찾아서

초원을 천천히 걸으면
평화가 보인다
구멍이 보인다
세상 모두가 구멍으로부터 온다는 건
어딘가에 빈 구석이 있다는 말
여기와 저기의 통로라는 말이다
사람의 일도 같아서
빈구석이 보이는 이에 곁을 주고 싶던걸

말씀이 오시는 입
사랑의 농도 갈파되는 동공
숨결의 외부와 내부를 경계 짓는
콧구멍, 땀구멍, 흙 구멍,
그리고 숱한 헛구멍들
구멍들에서
목숨들 태어나
세상의 헛구멍 막는 일에 복무 중이다

뱀 구멍인가 했는데

타르박, 흡뜬 눈이 불쑥 올라왔다
쏙 들어간다
바람보다 빠른 삶의 비책
풀밭에서 구름길에서
너나없이 꺄륵대다 발라당 누웠다
야단법석이 여기다

옛날에 집 나간 어린 반짝임이
서리 앉은 어른이에게 기척 없이 돌아와
헤헤대며 놀고 있었다

# 나를 경매하다
## −상상공작소


환 바이칼 구간, 시베리아 횡단열차다
수흐바타르역, 한 시간여 정차하는 동안
육교 위에서 내려다본 공터는
펜스로 둘러져 있다
'무슨? 경매장인ㄱ…' 생각이 끝나기도 전
경매장이 시끌시끌
일상적 관리 까다로운 '나'를
수십 수년 소장했던 해묵은 '나'를
경매시장에 내놓았다
연륜으로나 뱃살로나 꽤 묵직해진 '나'를


내 DNA 속 암호가 궁금하지만
짓거리로 봐 대충 짐작이 간다
은연중 내 행동 여부가 경매가價 산출 조건이리라


경매 진행자가 은박의 김○○ 시인 팻말을 높이 쳐들곤


　　　"진품이니 1억에서 경매 시작하겠습니다"

(객석과 소장주所藏主 사이 AI가 빠르게 작동되고 숫자는 억 단위로 획획 지나간다)

신체 균형 좋으나 총기장이 짧다(2-1=1), 오감이 밝으나 공간 인지력 부족하다(6-1=5), 머린 좋으나 머리숱 적다(5-1=4), 신체 건강하나 감염 수위 높다(3-1=2), 동안童顔이나 노년이다(3-5=-2), 온유하나 한번 돌아서면 끝이다(2-10=-8), 돈 혹은 숫자에 맹탕이고 탐미적 이상주의자다(-2-3=-5), 세상사에 깜깜이나 예술적 감성 탁월하다(-1+7=6), 도전 정신 유별나 위험 지수 높다(-5)

진행자 : -3억 나왔습니다 더 없습니까?

-2억 불렀습니다 더 없나요?

-2억에 낙찰되었습니다 땅, 땅, 땅!

경매장에 내놓았던 나를 낙찰받아 ♪♬ 열차에 오른다 남은 생 관리비가 9억쯤 들 터에 낙찰비 -2억을 제하면 7억쯤으로 관리비가 낮춰진다는 묘한 계산법이 마음에 든다 내내 열차를 따라오던 바이칼 물너울도 안 뵈고 철로 저쪽 자작 숲 흰 둥치들 환하다 〈Cats〉의 그리자벨라, 〈메모리〉가 입에서 새 나오는데 Memory~, turn your face to the moonlight~~

백우선

# 호미

몽골 대초원에서는
웃는 풀로 날거나 걷는
전생, 후생들과 속삭이며
그들의 목소리로 노래하는가
마두금도 한 줄이 아니듯
노랫소리로나마
어딘가의 그,
하늘의 그와도 함께하는가

# 마부의 꽃

몽골 테를지에서 말을 탄 젊은 마부는
갑자기 몸을 땅으로 깊이 굽혀
노랑 꽃을 꺾어 여인에게 웃으며 건넸다.
한 여인과 내가 탄 말 둘의 고삐를 잡고
앞서가다가였다.
잠시 뒤에는 또 그렇게 하얀 꽃을 꺾어
나한테도 주었다. 나는 그 꽃을
나란히 가는 그 여인의 말에게 먹이며
네가 태운 분을 잘 모셔다 오라고 일렀다.
그 말은 고개를 세 번이나 끄덕거렸다.

# 불빛

별이 안 보이듯이
네가 잘 안 보인다.
너를 볼 수 있는
동그란 창
둘은 열어둔 채
내 불빛을 다 끈다.

# 에지노르

─바이칼호(자연호) 딴 이름 에지노르(어머니호)

자식들 떠나가는 것 보려고
알혼섬 건너편 사휴르타 나루에서
이르쿠츠크 거쳐 울란우데 근처까지
멀리멀리 한 나절 두 나절
버스와 열차를 따라오며
손을 흔들고 흔들었다.
어디든지 언제든지
해로 달로 환히 비춰 보겠다며
물결을 낮추며 반짝이고 있었다.

# 이어 피는 꽃

몽골 초원은 온통 꽃밭,

꽃들은 소가 되고 말이 되고 양이 되고 염소가 되고…

꽃젖이 되어

사람들 얼굴에 꽃으로 피어나고

# 하나가 되어

몽골 서고비 쳉헤르 초원의
한 고개 위에서였다.
일행은 둘러앉거나 서서
반한 풍광으로 녹아들었다.
칭기즈칸 보드카를
민들레 꽃잎 두셋씩을 안주 삼아
병뚜껑으로 나눠 마시며
낙원의 꿈들로 부풀었다.
잠시나마 그곳의 또 다른
말이나 소가 되어 있었다.

# 낙타의 눈

낙타는 보여주었다
눈으로 본 것을
눈으로 보여주었다
푸르스름했다
언제 다 훑어보았을까
내 삶의 색이었다

# 솟대

바이칼호 알혼섬에서 우리 동네까지

땅을 하늘로 고루 받쳐 올리고

하늘을 땅으로 고루 받아 내린다.

천지인이 한 몸으로 푸르게 넘실거린다.

윤효

# 초원의 달 1

물수제비뜨고 있는 흰 구름 곁을 좀처럼 떠나질 못하고 있었다.

인적이라곤 외따로 피어 있는 게르뿐이었다.

# 초원의 달 2

팔월 초하루
시베리아 바이칼로 떠나
몽골 거쳐 돌아오는
열흘 내내
달이
따라다녔다.

밤이고 낮이고
졸래졸래

쫄래쫄래

이번 여정은 닷새 더 잡았어야 했다.

# 몽골 제국

아침 일찍 두 눈 부릅뜨고 새끼에게 비행 연습을 시키고 있는 독수리를 보았다. 이로써 한때 천하를 호령했다는 그 이야기는 사실임이 분명해졌다. 그 매서운 새가 게르의 텃새였던 것이다.

# 몽골 고속도로

광활한 초원을 내달리는

고속도로에는 중앙분리대도 가드레일도 없었다.

빗줄기 후두둑 차창을 때리면

노면 위에 물을 서둘러 받아놓고

점점이 박힌 생명들을

기다렸다.

# 상흔 傷痕 2

몽골 평원 전신주들이 줄지어 목발을 짚고 서 있었다.
나라를 가로질러 국경선이 그어졌다고 했다.

어릴 적 보았던 상이용사들이 모두 여기 와 도열해 있었다.

# 숨은 꽃

　난로를 피우다 말고 열여덟 오랑 빌레그가 생글거리며 환하게 웃자 게르가 두둥실 날아올랐습니다.

　별 이마받이하는 소리가 쟁그랑쟁그랑 밤하늘 멀리 울려 퍼졌습니다.

# 시베리아의 술 이야기


　허허벌판에 땅거미 번지자 보드카 생각이 절로 나서 두리번두리번 한참을 헤매어 찾아갔더니 웬일인지 술을 팔지 않았습니다. 오늘은 9월 1일 개학날이어서 술을 팔지 않는다는 것이었습니다.

# 안복 安福

　식전 댓바람에 사성 형님과 바이칼 언덕을 다시 올랐더니 커다란 개 두 마리가 먼저 와 있었습니다. 검푸른 물빛이 가장 잘 바라다보이는 곳에 철푸덕 엉덩이를 깔고 앉아서 하염없이 호수를 바라보고 있었습니다. 이윽고 아침 물결이 신령스럽게 반짝이기 시작했습니다. 그런데도 형님은 호수는 거들떠도 안 보고 개를 향해 무릎을 잔뜩 굽히고만 있었습니다. 그 젖은 눈빛 속으로 그렁그렁 빠져들고 있었습니다. 그 바람에 나는 바이칼과 개와 시인을 눈부처로 모시는 뜻밖의 안복을 누릴 수 있었습니다.

# 뒷모습

바이칼 알혼섬
북단을 향해

내려가는
언덕길

가을이
벌써

당도해
있었으므로

뒤처져서
걷다가

문득
보네.

누구는

뒷짐을 지고

누구는
고개를 숙이고

또 누구는
배낭을 짊어지고

걷는
모습

한참을
물끄러미

눈물로
보네.

여행은
결국

나의
뒷모습을

바라보는
일이었으므로.

이경

# 빅딜

### —바이칼1

알혼섬에 난전을 펴고 나의 알 혼을 펼쳐놓는다

중고차 부품처럼 쉬 뜨거워지는 것들

색이 없으면서 서로 물고 놓지 않는 힘센 헛것들

바람이 흥정을 붙여온다

그것을 조금 놓고 이것을 조금 가질래? 그것을 다 놓고 이것을 다 가질래?

이것을 다 놓고 그것을 다 가지겠습니다. 거래는

성사되었다. 푸른 물결 위에 붉은 지문 찍었다.

하나를 놓고 전체를 가지다니

바이칼은 나를 다 털어 가고 저를 다 내주었다

일거에 빈털터리 백만장자가 되었다

# 물수제비뜨기
## －바이칼2


있는 힘을 다해

마음을 멀리 던져요

돌 중에 죄가 가벼운 돌 하나를 골라

내가 쏘아 보내는 돌화살

당신 가슴 딛고 갈 수 있는 데까지 멀리 가라

불새가 되어 날아오르거나

호수 깊은 그곳에 물돌로 눈뜨거나

그건 모두

당신 품 안일 테니

# 바이칼의 새
-바이칼3

- 새에게 모이를 주지 마세요 가축이 아닙니다 -

먹다 남은 밥을 뿌려놓고 새를 기다리는 건

자선보다 음모에 가깝다

모이 속에는 함정이 들어 있지 고삐와 채찍과 쇠사슬도

기다릴 것도 없이 새들은 떼로 나타나

먹이 싸움 서열이 단번에 가려지고

매번 먹는 놈만 먹는다

수면제같이 달콤한 인스턴트 사랑

독이 든 미끼를 차지하려 눈알 부라리며 죽지 세우며

저들의 악다구니를 지켜보는 건 잔인한 유희

적어도 밥으로 장난치진 말아야 했어

아래는 세계에서 제일 깊고 넓은 담수어장

한 줌 먹이와 바꾸기엔 너무 푸른 하늘이잖아

# 불을 담은 물
－바이칼4

큰 불을 담을 그릇은 역시 큰 물

바이칼호만 한 크기와 높이의 산이 있었다는군

산이 불을 토하며 무너져 어머니의 바다가 되었다는

이 마을 전설을 믿을 수 있겠니

아직도 그 불이 꺼지지 않는다면

호수 위에 타오르고 있는 불기둥 혹시 보이니

눈먼 샤먼들이 그걸 보러 모여든다는군

불을 살리고 죽이고 춤추게 하는 어머니

어머니 불길을 잡으려 샘물 한 동이 쏟아부을 때

부지직부지직 불 잡히는 소리 들리느냐

숯덩이 같은 산의 침묵을 듣느냐

사람들은 저마다 불붙은 산을 호수 깊이 가라앉히고

가벼운 걸음으로 돌아가는군

# 칼의 향기
## ─바이칼5

칼을 잡은 사람이 누구인가에 따라

칼에도 칼의 아름다움이 있다

지도에서 읽는 바이칼 호수는 길게 비스듬히 누워

출렁이는 칼이다 날 없는 칼

날 없는 칼이 세상 모든 칼날을 감쌌다면 녹슨 칼들의 무덤 위에 제비꽃을 피운다면

물칼로 불기둥을 베어 쓰러뜨린다면 피 한 방울 흘리지 않고 불의 대륙을 제압한다면

다리우스 1세가 페르시아 제국의 궁전 기둥에 새겼다는 그 말은 아직 유효하다

"아름다움이 적을 이긴다"

불을 다스리는 물의 칼

베어도 나뉘지 않고 잘려도 상처 나지 않는 바이칼

크고 아름다운 칼이

오늘 내 안의 적을 섬멸했다

# 낙타를 모는 여자
－몽골1

양손에 고삐 잡고 낙타를 모는 여자
말총머리 길게 닿은 엉덩이가 궁금하다
나처럼 저도 살 속에 푸른 지도 박혔는지

# 말이 사라진 골짜기
-몽골 2


폭설이 내리는 날 문득
먼 골짜기에서 사라진 말을 생각한다
말이 사라지고도 한동안을 서 있었던
북방의 골짜기를

말과의 거리는 이상하게도
가까이 다가갈수록 점점 더 멀어지고 있었네
먹이와 채찍으로부터 자유로운 야생의 말
대세를 따르지 않고 대의를 택하는 검객처럼
길들지 않은 영혼들

달아나는 것이 아니라 유유히
앉은뱅이 취꽃에게 흰 목덜미를 드리운 채로
성가신 구경꾼을 가볍게 따돌려 버리던
너희 등에 빛나던 아침 이슬

더 높고 외로운 고지를 향해
말이 사라진 골짜기에 눈이 쌓이고
풀뿌리가 얼어붙는 혹한의 겨울밤이 왔으리라

마을에선 콩을 넣어 말죽 끓이는 불빛 따뜻해도

눈을 씹어 겨울의 내장을 씻어낸 말 울음소리와
눈 녹아 흐르는 칼칼한 물소리의
대찬 항거를

# 쳉헤르 온천 가는 길
－몽골3

길이 시루떡처럼 물렁물렁했어요. 차는 길을 버리고 길 아닌 곳으로 얼마든지 달렸어요. 풀밭으로 키 낮은 꽃들이 피어 있는 언덕배기 산등성이로. 그게 다 비 때문에요. 갑자기 쏟아진 비 때문에 마음은 또 마음을 두고 마음 아닌 곳으로 마음 아닌 곳으로만 달아나고, 한번 눈이 쌓이면 봄까지 우체부가 못 들어오는 오지로 자꾸만 더 깊이 달아나고

길은 갈라져 개울이 되고 무른 길이 차바퀴를 물고 놓지 않아요. 갑자기 알퐁스 도데의 「별」이 생각나고 있었죠. 아름다운 스테파네트 아가씨를 지키는 양치기 소년의 「별」

지붕과 문짝과 나무계단이 젖어 미끄러운 게르에 들었어요. 몸은 늦가을같이 춥고 젖은 장작불은 쉬 꺼졌어요. 밤은 깊고 불러도 아무도 오지 않았죠.

나는 도데의 별을 하나 빌려다 불을 지폈어요. 불 꺼진 게르에 아가씨를 재울 수는 없었거든요. 아가씨가 잠든 하늘은 은쟁반같이 둥글게 기울어지는 중이었죠.

그때 제일 가까이서 빛나는 별 두 개가 서로 충돌하지 않으려고 애쓰며 아주 살짝 몸을 스치고 지나가는 것을 보았습니다. 별이 부서지며 떨어져 내리는 하얀 가루에서

토마토 곁순을 자를 때 줄기의 상처에서 푹 터지는 풋토마토 향 같은 것을 맡은 것도 같았습지요.

이경철

# 바이칼 호숫가에 앉아

세상 모든 물길 모이고
흩어지는 어머니 호수

넓이도 깊이도 없다
출렁이는 하늘
비췬 빛깔뿐

호심湖心 향해 일렁이는 풀꽃들
저 쬐그만 눈, 낯짝들
바다만 한 호수
다 담아내고 있다.

# 아리야발 사원 일몰

몽골 고원 끄트머리 테를지 국립공원
때 따라 마음 따라 도적도 되고 부처도 되는
기암괴석 만물상 너머 아리야발 사원

목탁 눈깔 부릅뜬 사천왕에 주눅 들어
마니차 돌리며 돌리며 죄업 아뢰고
본전本殿 들어 납작, 금불상 조아리고 나오니

해발 수천 미터 고원 발아래
말갈기 세우고 몰려오는 황혼
너도나도 만물상도 금빛 물들어 온다

해 떨어지면
까무룩히 어둠에 잠길
금부처님들 돼가는 지금 이 풍광이
천하제일경 아리야발 사원 일몰이란다.

# 바이칼 일출

바이칼 심연서 이글이글
불덩어리 떠오르자
칠흑처럼 까만 까마귀 떼
붉은 해 속으로 날아오른다.

물의 딸 유화와
태양의 아들 해모수가
어우러져 낳은 아들이 세운 나라
삼족오 깃발 아연 눈앞에 펄럭인다.

바이칼에 우뚝 선 알혼섬 무당바위
휘휘 드리운 오방색 춤사위 신명 들어
햇살 알갱이 뿌리고 있다.

오방색 원색 빛깔 말 없는 주술
깨어나는 세상 온몸으로 감응하고 있다.

# 바이칼 무당바위

몽골화가협회 전시회 열리는 울란바토르 도심 한 갤러리 푸른빛 초원, 알타이 황금빛 닭, 인상파 화풍 자작나무 제각각 빛나는 원색 낯익은 촌스런 향토색 어색한 모방 떨칠 수 없는 가운데 가슴속 직격해 들어온 그림 한 점

바이칼 푸르디푸른 심연 누르고 솟아올라 풍상에 찢긴 돌덩어리 물과 땅과 하늘 하나로 꿴 무당바위 군청 암갈색 카리스마 천지 감응하고 반란하는 기운 감전돼 즉각 사 왔다

뒤죽박죽 해찰만 하다 일에 집중하려면 곤두서는 신경 모든 걸 제자리 반듯이 놓아두고도 직성 안 풀려 또다시 정돈 또 정돈해야 하는 신경증후군 날 세울 땐 무당바위 그림 특효약 색색이 어우러지게 그냥 그대로 놔둬라 군청 암갈색 혼연일체 일갈한다.

# 바이칼에 수장水葬된 영매靈媒

짙은 물안개 속 뱃고동 소리 울리자 몰려드는 갈매기들 이경 시인이 서정주 시인 모자와 파이프 곱게 싼 비단 보자 기 물속에 내던지고 목메어 부른다 허름한 한복이나 세련된 양복에도 즐겨 쓰고 다니던 댄디한 모자 일상서 시상詩想 속 으로 자맥질할 때면 물던 파이프다.

"나는/ 1742미터 깊이의 / 이 세상에서 제일 깊고 맑은/ 호수를 보고 왔는데," 팔순에 바이칼 갔다 돌아와 보니 집 감나무들이 "그만큼 한 깊이의 떫은/ 그 푸른 땡감 열매들 을" 맺었다고 바이칼과 땡감과 시인 자신을 단박에 하나로 잇던 서정주, 그 천진한 영매.

바이칼 수장에서 난 보았네 갈매기들도 물안개도 감응하 는 영매며 시혼은 퍼포먼스란 것을, 영혼이 주체 못 하고 터 뜨리는 한순간의 몸짓이 포에지임을 이경 시인은 보여줬네.

서정주 시인 갈바람 속 짚던 나무 지팡이 하나 내 서가 귀 퉁이에 붙박인 채 어딘가로 자꾸 떠나라 떠나라 하고 있는 데….

# 별밭 위 방뇨

호수와 땅과 하늘 분간 없이
바이칼에 밤이 오니
물 가득 머금은 별들
눈높이서 총총 떠오른다

봄비에 보석처럼 피어나던 자운영 꽃밭
훼손되지 않은 유년의 천연 보석 별밭 아래
세계 관광객들 환호하고 춤추는데

강아지처럼 영역 표시 욕구도 없이
확실하게 찾아드는 요의尿意
갈긴다, 별밭에 대고
별처럼, 자운영 꽃처럼.

# 그대, 황금빛 나팔 소리

중앙아시아 초원 일렁이는 바람 숨소리
금빛 나팔 소리 길게 목 뺀 알타이 황금 닭 계명성
광활한 대지와 하늘 맞닿으며 물들여 오는 황혼
숨차게 달려와 길게 드러눕는 황혼의 숙소에 이르러
탄식처럼 터져 나오는 그대

자작나무 침엽수 활엽수
자욱한 물안개 이끼 낀 고사목
내리쬐는 빛살 오방색 가닥가닥 일렁이는
바이칼 알혼섬 타이가 숲 신령스런 숨소리에
나직이 불러보는 그대

사막과 초원 경계 낙타 가시밭길 지나
길 없는 초원 오프로드 달리고 달리다
야생화며 대지의 젖꼭지 구릉이며 축축한 늪에 눈길 뺏
기다
문득 고개 들면 먼 지평선 허공에 뜨는 쌍무지개에
탄성처럼 불러보는 그대

발갛게 달궈져 알타이 산맥으로 기우는 해
떠오르는 해처럼 동그랗게 넘치는 기운
밤과 낮, 타이가 숲과 초원과 하늘 이어주는
그대와 나 하나 되게 하는 기운 온몸으로 받으며
힘차게 불러보는 그대

초원길 비단길 길 없는 사막 길 돌고 돌아와
천만 가지로 뒤척이다 곤히 잠드는 그대
그대를 가만히 부르면
깊은 곳에서 울려 퍼지는
황금빛 나팔 소리.

이상문

# 초원의 시 1

제목 아래 이름 있고
그 밑에 석 줄 시뿐인데
보고 또 봐도 빈 곳이 없다

가없는 초원에 두어 개의 점이 된 게르
그 언저리에 떠도는 하얀 포말들
양들은 그렇게 벌써 시가 되었다

# 초원의 시 2


초록 벌 모래먼지 씻어내던 비 긋다
풀밭 속 깊은 곳에서 무지개 솟고 뜬다
그리움 되새겨보라 쌍무지개로 걸려 있다

# 초원의 시 3

무슨 말 하자 해서 풀밭길로 나섰다
속에 숨은 쇠똥 말똥은 생각지도 않았다
초원이 싱그러운 것은 저것들 덕이었던 것

피해서 걸으려니 후회도 일어난다
좋기만 한 세상사가 어디에 있겠는가
친구가 하려는 말을 듣지 않아도 알겠다

# 정녕 그렇게 왔던가요

내 추운 잠 속으로 오지 않는 사람입니다
그곳으로는 날 찾아올 수 있겠다 싶었습니다
끝 간 데 없는 초원이었으니까요
알퐁스 도데의 양치기 초막 같은 게르였으니까요
생애에 꼭 한 번만이라도 그런 데 가서 같이
별을 헤보자던 당신이었으니까요

새벽까지 밤을 지키던 나
살얼음 얼듯이 잠이 들었네요
문밖 나무계단에 무서리로 왔던가요
정녕 그랬던가요

아침 햇살 속에서 차마 눈 뜨지 못하고 보았습니다
당신이 기다려 서성인 자취인 양 원망해
발을 구른 자국인 양 검게 젖어든
나무계단 보았습니다

조연향

# 국경을 지나며

해가 지지 않아도 어둠이 내리기 시작했다 백양나무 숲을 적시며 하류까지 떠내려오는 저녁의 호수, 완장을 찬 여승무원들이 일제히 창문 커튼을 내릴 때 열차는 접경지역에서 잠시 멈칫거린다, 기어코 새어 드는 노을 자락에 고요히 구워지는 디아스포라의 숨소리들, 바퀴는 여전히 교전지역을 지나고 있다 우리 조금 후, 경계가 없는 초원에 닿을 수 있다고 믿으며,

국경과 국경 사이,
마약 밀매 신호처럼 독수리 떼 웅성거리며 날아오르고
대륙의 강기슭을 부딪치며 망명 소식을 교신하는 새 떼들,

우리는 결코 포로가 아니지, 눅눅한 책갈피처럼 날개를
푸덕거려본다

횡단열차 꼬리에서 뜨겁게 숨 쉬는 행성들이여
우리는 떠도는 것이 아니라, 떠나는 것이지

비겁하게 달아나는 것이 아니라, 다만 언젠가 고국으로

다시 돌아가는 꿈을 꾸는
　숨결들,


　우리의 밤은 결코 춥거나 누추하지 않았다 열차 안에서
도 별빛이 지고 새벽 햇살이 비쳐 들었다

# 당신께 간다

서늘한 굉음이 내 의식을 들어 올린다

잔여 거리 1480마일
잔여 시간 3 : 34
고도 34000피트
속도 884KM

허공의 안전띠에 묶인 채, 출렁출렁 나는 자꾸 흔들린다

무게 때문인 것 같아 내 가슴을 내가 들고 있었다

비행은 위태롭게 구름 절벽에서 멈춘 듯, 상상 속에서만 날아서

첫 만남, 첫사랑에게 부쳐진 편지처럼

민들레 홀씨처럼 내가 점점 가벼워지기 시작했다 하얀 갈매기 떼가 석양을 벗어나고 있었다

# 초원의 빛

별들이 기둥과 벽을 세워 천막을 치고
난롯불 피워놓았네
장작은 장미꽃처럼 불타오르다가 쉬이 사그라지고 말아
게 눈 감추듯 피 냄새를 감추며 짐승의 살점을 뜯을 때,
마소들의 울음소리가
소리 없이 검은 산등성이를 넘고 있었네
이 세상에, 허기보다 진한 것은
피도 아니고, 그 무엇도 없어라
오늘 저녁 만찬에는 또 얼마나 뜻 모르는 희생양
내가 살고 네가 죽으니
어느 비탈진 후생, 또 우리 젖은 눈망울로 다시 만나서
너를 살리려 내 피를 뿌릴 것이니
문득 선법의 한 가르침 떠오르네
생명이란 실체가 없어, 살점을 태우는 저 장작불의 연기
처럼
연기에 있다고 하였으니,
너와 나 결코 없는 것이라고 비웃어보네
다만,
지금 여기 증명할 수 있는 별조차 깜박거리는 불빛일 뿐
끌어당기지 않아도 밤하늘은 캄캄한 게르 지붕을 덮네

# 세르게*의 춤

휘날리는 영혼을 보았다

팔도 없이 파도 바람에 허랑한 그림자, 온몸에 휘감겨 있는 색색의 내장들이 그것이라면

누가 저 세르게 가슴이 없다고 말할 수 있는가

생각이 없다 하겠는가 지나가는 바람이 그의 생각이고 신의 생각이리라

허공에 비손하던 어머니 눈꺼풀에 반딧불이 켜져 있다
머리 위 떨어지는 별빛도 저리 부대끼며 바람꽃으로 피어나길 빌고 있으리라

내가 그 옆에 기대선다 교대하고 싶은 혼이여, 없는 혼이여

저처럼 있으면서 없어져 보라

누더기를 걸치고 없는 팔로 추는 춤

겹겹이 꽁꽁 묶여 있던 나의 카르마여 둥둥 검은 심장이여

비로소 껍데기를 풀고 연기처럼 사라진다면 누가 내 앞
에 와서 두 손을 모을지도,

빈 가슴으로 살아 있는 세르게
새알처럼 뜨끈하고, 팔딱거리는 오색의 내장들은 누구
의 것인 양

주인에게 되돌려줄 것인 양
그림자를 찢고 우르르 숨어서 울던 새 떼들을 푸른 하늘
로 날려 보낼 듯 춤을 춘다

* 몽골 지역의 샤먼 장승.

# 牧童

한 마리 양은 한 채의 집,

흰 지붕들처럼 양 떼들이 산자락에서 꿈틀거린다
어혈처럼 피었다 지는 꽃이며, 지나가는 바람이며 양을
몰고 가는 어린 소년이며

모든 목덜미에는 은방울이 흔들린다

출렁출렁 허공의 궤도를 벗어나는 뜀박질
어디서든 무릎 꿇지 않더라도 낮달이 입을 벌리고 환히
웃어준다

몸으로 흘려보내야 하는 풀물길은 끝없이 멀어도 그 풀
맛은 언제나 혀끝에서 쉬이 녹는 것

죽기 아니면, 살아서
마소들의 혈통으로 이어가는 산자락의 끈질긴 가계여

목동은 늦게 양젖을 짜다가 게르에 들었으나,

양들과 말들과 소들은 어디로 다 달아났는지 모른다

저들만이 아는 비밀스러운 통로를 따라 밤하늘 별자리
로 떠올랐을 거야

꿈속,
주인 없는 산지붕에서 맘껏 꽃 풀을 뜯고 배부른 울음을
울었다

# 알혼섬에서


벌레 소리에 걸려 넘어졌네

바이칼 푸른 혼령의 휘파람 소리, 여기 험난한 길이라는
그 예보를 알아들을 수 있었던들,
나는 넘어지지 않을 수 있었겠지

따로 노는 몸과 마음의 늪에서 허우적거리는 한 마리 사
마귀처럼,
자신을 팽개치는 이 마음을 누가 꾸짖을 수 있나 햇살이
불편한 혈거 인류처럼

무릎과 다리, 손등에 피멍을 머금고 오만과 어리석음을
숨기려 쓸쓸하게 버둥거리는데
엉겅퀴 청보라 꽃잎이 뾰족하게 웃는다

은신처를 찾아보았으나, 능선 어디에도 나를 숨길 구석
이 없다
오소리들이 들락거리는 저 분홍빛 구멍에 이 만신창이
를 구겨 넣고 싶었다

멀리 하늘이 가물거리고 높이 입을 벌리고 짖어대는 하
얀 구름에 섞여

가을벌레 울음소리 바람목에서 무참히 흩어져 간다

상처투성이 혈거인을 두고 멀리멀리 태양을 따라가는
알혼섬

# 바이칼 밤하늘은 그믐

별빛이 너무 밝은 것은 다만, 오늘 달 없는 그믐 탓이랴
암흑색을 기억하고 있거나, 어두운 마음 바탕을 겨우 보
게 되었다고 저 빛의 정체를 알겠나

은하가 모래 속에서 분열하고 있는 사이 나는 검고 빛나
는 하늘 끝에 닿았다
횡단열차로 이틀 밤낮 이리 멀리 달려왔으니, 비로소 머
리 위 무색무취의 빛이 내리는 곳

빛은 빛의 속도로 암흑을 건너뛰어, 또 다른 암흑에 닿으
려 죽을힘 다해 숨을 몰아쉬곤 했다

산짐승 우는 소리가 들렸다 바람 짖는 소리가 흩어졌다

지구가 별꽃을 주우려고, 기우뚱거린다

캄캄한 밤이 자꾸 깜박이는 이유는

또 누가 죽어 천국과 지옥문 단추가 절로 여닫히는 신호

최도선

# 외로운 시편詩篇

나는 에르덴조 사원에 없다*는 말
생각하고 생각하네 가지 못한 발을 끌며
왜 자꾸 에르덴조 사원에 없는 나를 생각하나**

이 몸 이대로의 눈물, 이 몸 이대로의 감각
한 남자가 거기 있어 한 여자가 여기 있어
그토록 만나고 싶었던 비밀의 숲 거기를

상상의 꽃의 세계 그 너머엔 탄트라
언젠간 가서 닿을 그 바닥을 떠올리며
까마귀 우는 소리만 바람귀로 날리네

*, ** 고형렬의 「나는 에르덴조 사원에 없다」에서 인용.

## 자작나무

하얗게 눈이 내린 밤 내 몸피를 벗겨 편지를 쓴다. 낮에 자작나무 숲을 지나간 열차 속에서 손 흔들어주던 이의 모습이 자꾸 떠올라 그에게 띄운다. 무엇을 보러 가는 길이냐고 누구를 만나러 가는 길이냐고 당신이 사는 곳의 풍경은 어떤 색깔이냐고 그 곳의 향기는, 고통 같은 것은 없느냐고 묻는다. 나는 바람이 아니면 내 머리 위에 내려앉은 눈송이 하나도 떨어뜨리지 못한다고 하루에 두 번 이 숲을 지나가는 열차의 꼬리가 사라질 때까지 바라만 보고 있다고, 바람은 제 소리는 못 듣고 나무들 사이만 휘휘 휘돌아다닌다는 사실도 적는다. 그리고 내가 제일 가보고 싶은 곳은 뉴욕, 뉴욕이라고 쓴다. 왜냐고? 언젠가 신문 한 장 날아와 내 허리에 철썩 붙었는데 거기에 타임스퀘어, 황홀한 코카콜라 전광판을 보고 그 콜라를 마셔보고 싶어서, 그리고 이 자작나무 숲을 그곳에 잠시만이라도 옮겨보고 싶어, 눈 내리는 하얀 전경까지를. 동이 트면 몸피들이 붉은빛을 띠우는 이 아름다운 자작나무 숲을 뉴욕 한가운데 옮겨줄 수 없을까? 인간의 것이 아닌 자연의 모습을 잠시만. 안녕

# 눈동자에 얹힌 바이칼

궁창 아래의 물과 궁창 위의 물로
만들어진 것이 바이칼 같아
늘 푸른빛 감도는 그 세계가 그리웠다

신은 그와의 조우를
왜 허락하지 않았을까
그곳에 가는 길이 열렸다만
몸을 가누지 못해
마음만 맴도는 날

그 깊은 곳에 내 신발 띄운다

차드락 찰싹
물 가장자리 자갈을
쓰다듬는 소리
자신의 물결치는 소리를 듣지 못하는 호수
파도 쓰다듬는 저 소리

하늘 아래 쌓이고 쌓여

멀리 있는 내 마음 언저리에 고인 뜨거운 마음
한겨울 꽁꽁 얼어도 쉬 녹일까 보다

지구의 심장 마지막 한 갈피 드러내고 있는
푸르디푸른 바이칼

홍사성

# 몽골견문록

끝없이 펼쳐진 지평선을 보다

끝없이 불어오는 바람을 보다

끝없이 흔들리는 들풀을 보다

끝없이 흘러가는 구름을 보다

끝없이 기다리는 사람을 보다

끝없이 적막한 외로움을 보다

# 깊이의 문제

몽골 초원 그 넓은 땅에 풀만 자라고 키 큰 나무가 없었습니다

안내하는 친구 얘기로는 지심이 깊지 않기 때문이라 했습니다

내가 찍은 인생사진들이 변변치 못한 것은 까닭이 있었습니다

겉보다는 속 보이는 높이보다 안 보이는 깊이가 문제였습니다

# 게르에서 며칠 밤

초원
한복판
몽골 전통 가옥
게르

짓는 데
네 시간
허무는 데
두 시간

우리는 여기서 며칠 짐 풀었다 떠난다

# 들풀로 살다
－호스타이 국립공원 인상

고개 들고 나대지 않는다
햇볕 좋으면 하늘 쳐다보고
비 오면 목 축일 뿐

잘난 척할 일 부끄러울 일 없다

비바람 멎었느니
말들에게 뜯어 먹힐 시간

내일은 거름으로 돌아오리라

# 제국의 역사
−몽골 옛 수도 하르호른을 지나며

정복자 말발굽 닿는 곳마다
천지에 피비린내 진동했다더라

칸의 위엄에 무릎 꿇지 않으면
강아지도 용서하지 않았다더라

산 자의 눈물 죽은 자의 슬픔이
제국의 역사가 되었다더라

그러나 영광은 풀잎의 이슬
제국의 역사 또한 그러했다더라

# 색즉시공 공즉시색
−바얀고비 미니 사막의 설법


사막에도
풀이 돋아나면
초원

초원에도
모래가 쌓이면
사막

그대여
뜨거운 손 차갑게 잡던

나의 푸른 초원, 그대여

# 나는 늙은 양치기

발밑 풍경은 아득한 지평선
시계 따위 안 본 지 제법 오래
아프면 아프고 세월 가면 늙을 뿐
잘난 척 세상과 싸우던 일 다 접었네
보름 전에는 먼 곳 아이들 다녀가고
어제는 잔칫집에서 공술 얻어먹고
내일은 잠시 친구 찾아온다니
돈 없어도 큰 불만 없네
가끔은 게르 위 샛별 쳐다보고
또 가끔은 어떤 얼굴도 그려보지만
소원은 그저 마음 한가로운 것
해 뜨면 양 떼 몰며 다시 하루를 사네

# 몽골 독수리

하늘에는 길이 없다
내가 날아가는 곳이 길

살아가는 방법 따로 없다
내가 살아가는 것이 방법

천하 큰일 중 해보고 싶은 건
구름 위 낮달 물어 오는 것

오늘도 예닐곱 번 고공비행
내일은 더 높이 날으리

# 어머니 바이칼

지상에서 가장 오래된 호수

깊고 푸른 물결 밤낮 출렁인다

어머니 가슴속은 늘 조바심이다

놀러 나갔던 별 다 돌아온 새벽에도

# 알혼섬 누렁이

어젯밤 별 구경 때 만났던 늙은 개였다
옆에 와 슬몃 몸을 기대며 알은체했다
목덜미 쓰다듬어 주자 꼬리를 흔들었다
더 그리워할 일 없다는 듯 눈을 감았다
나를 따라온 이유가 그것인 것 같았다
오래전 먼 길 떠난 한 얼굴이 생각났다

이정

# 지붕 위에서 본 바이칼

콩트

"바이칼에 가자고요? 꼭 가고 싶었던 곳예요. 제가 바이칼호를 처음 기억에 콕 담아둔 게 언제였는지 아세요?"

원탁의 맞은편에 앉은 형이 내게 귀를 열어둔 채 사발에 담긴 녹차를 찻잔에 따른다.

"고등학교 때 이광수의 소설 「유정有情」을 읽었거든요. 여학교 교장인 최석이 독립운동을 함께하던 동료의 딸 남정임을 맡아 기르며 이성으로 사랑하게 돼요. 남정임도 최석을 사랑하고요. 결국 최석의 부인에게 발각되죠. 신문에 기사가 실려요. 얼굴을 들고서는 한성서 살 수가 없게 되었죠. 홀로 시베리아로 떠나던 중 바이칼에 들러요. 마침 자신과 비슷한 처지의 사람을 만나죠. 여학생을 아내로 맞아 조선을 떠나온 사람이었어요. 그러나 최석은 위안을 얻지 못해요. 결국 바이칼보다 더 먼 곳으로 가기로 해요. 거기 발길이 머무는 곳에서 죽겠다고 맘먹어요. 사랑의 비애가 절절하죠. 아, 바이칼!"

형과 나는 각자의 잔을 들어 입에 댄다.

"느네 중학교 다닐 땐 바이칼을 배우지 않았냐?"

"그 시절 지리 시간에 귀담아 두긴 한 것 같아요. 한민족의 시원이 거기라나 뭐라나 하고 배웠을 거예요. 그땐 그저 몽고나 시베리아나 히말라야처럼 가슴에 와 닿지 않았어요. 「유정」을 읽고서야 전나무와 눈 쌓인 귀틀집과 최석의 로맨스와 함께 바이칼이 제 가슴에 콕 박혔어요. 아, 바이칼!"

"가고 싶어 환장한 사람 같구나. 가서 우리 사막의형제들끼리 재밌게 놀자."

"이광수가 「유정」을 신문에 연재한 게 1930년예요. 그때는 한국 소설의 배경이 한반도, 그것도 남쪽 절반에 고립된 섬이 아니었어요. 작가들이 압록강이나 두만강 너머의 얘기를 자연스럽게 그렸죠. 지금은 좀 나아졌지만, 남북 분단 뒤 한동안은 남쪽 절반에 국한되다시피 했잖아요. 제집 지붕 위에 올라서서 세상 참 넓다고 감탄하는 꼴이었다고 하면 비약인가요? 아, 바이칼!"

형은 네가 문학을 알고나 하는 얘기야, 라고 말하듯 아무런 표정을 짓지 않는다.

"형, 재밌는 얘기 하나 해드릴게요."

"사설이 길다. 갈 거지?"

나는 내 속에 정답으로 굳어진 말을 풀어낼 기회를 아직 포착하지 못했다는 생각을 한다.

"먼저 들어보세요."

나는 형의 넓은 도량을 알고 있다. 말과 행동은 엄해도 나이가 들어선지 가슴속의 주성분이 물로 변했다. 그것이 눈물로 찔끔 흘러나오는 순간을 본 적도 몇 번 있다.

"우상이 형이 언젠가 바이칼에 갔었나 봐요. 아무도 없는 호반을 홀로 거닐다가 문득 급한 변의를 느꼈대요. 몸 가릴 마땅한 곳이 보이지 않아 호수에 몸을 푹 담그고 쌌대요. 팬티까지 홀딱 벗고서. 그런데 때마침 어여쁜 러시아 아가 씨가 나타났대요. 가까이에 서서 호수를 구경하며 자리를 뜨지 않더래요. 물은 차갑지, 여자는 안 가지, 아휴, 얼어 죽 을 뻔했대요."

"에끼! 우상 씨가 그럴 리가 있겠냐. 내가 보기엔 모범생 이던데."

형은 내가 작은 꼬투리를 잡고 과장되게 지어낸 이야기 쯤으로 치부하는 듯하다.

"범생이도 할 짓은 다 해요. 사실은요, 우상이 형의 소설 속에 나오는 장면예요."

지금은 제목도 생각나지 않는 그 소설을 몇 년 전에 읽었 다. 똥을 싸러 들어갔다고 했지만, 실제로는 수영을 하러 들어갔는지 어쩐지 가물가물하다.

"나도 읽었어, 야. 너, 소설가 되기 잘했다. 거짓말을 잘 꾸며대는 걸 보니. 근데 넌 단편집도 한 권 안 냈잖아? 단편 집도 없는 주제가 무슨 소설가냐?"

"그래도 장편을 두 권이나 냈잖아요. 무명작가의 단편집 은 아무도 안 봐요."

"장편은 누가 봤고?"

나는 고개를 외로 꼰다. 독자들의 열화와 같은 사인 공세에 시달리는 꿈을 꾸며 장편 쓰기에 몰두했었다. 그러나 출판사들이 책조차 선뜻 내주려 하지 않았다. 따지고 보면 형이 해마다 이름 있는 문학인들 틈에 나를 끼워 오지 여행을 떠나는 건 나를 문학인으로 사육하는 과정이리라. 한때 나는 막 주가를 올리던 직장 생활을 접고 대북 사업에 뛰어들었다. 북한 사람들은 모르고 외부인들만 아는 무엇이 북한에 있으리라고 여겼다. 콜럼버스가 임진왜란이 일어나기 꼭 백 년 전 '신세계'를 발견하고 금제품을 가져와 전 유럽에 선풍을 일으켰다던 옛이야기를 떠올렸다. 물론 그렇게까지 허황한 기대는 하지 않았다. 그러나 북한에는 황금 알을 낳는 거위는 없고, 황금을 먹는 거위들만 우글거렸다. 기다렸다는 듯 그들은 덥석 내 목줄을 물었다. 사업은 아무나 하는 게 아냐. 남쪽에서 제일 잘나가던 기업인 현대조차도 목에서 피를 뚝뚝 흘리잖아. 나는 대북 사업가들의 백전백패를 위안 삼으며 겨우 빠져나왔다. 호랑이 잡아먹는 담비가 있다는 사실을 절절히 깨달았다. 마침내 내 인생에 이런 국면이 오리라고 전혀 생각해보지 않은, 삼시 세끼를 다 집에서 먹는 백수로 전락했다. 그때쯤 형이 나서서 나를 등단시켰다. 그러나 지금 돌이켜보면 문학판에서 한번 잘 놀아보겠다는 포부조차 초심자의 허황한 꿈에 지나지 않았다.

"그래. 바이칼에 들어가서 너도 똥을 쫙 갈겨라."

"아휴, 저는 신사죠. 똥을 싸더라도 팬티는 걸치고 싸죠."

"사실 낯설고 인적 없고 익명성, 은밀성이 보장되는 데에 가면 그러고 싶은 게 인간의 본능 아닐까? 나도 금생에 한 번쯤은 그런 경험을 해봤으면 좋겠다."

"형이 그러고 싶으시다면 할 수 없죠. 저도 같이하죠. 아, 바이칼!"

형의 과거는 율사律師와 같은 완고함으로 채워져 있었다. 나이가 들더니 변한 모양이다. 갑자기 여행을 즐기고, 주위 사람들에게 살가워졌다. 나는 형이 벌거벗고 호수에 들어갔다가 아가씨가 아닌, 완장을 찬 사나운 할머니가 코앞에 나타나 어찌할 줄 모르는 장면을 상상하며 속으로 흐흐, 웃는다.

"아 참, 효진 선생님과 얽힌 사건 아시죠?"

나는 발칙한 상상에서 빠져나오기 위해 얼른 화제를 돌린다. 효진 선생은 나와 형 입장에서 보면 문학계뿐 아니라 언론계까지 대선배다. 글줄이나 읽었네, 하는 한국인이라면 그분의 이름 석 자를 모르지 않는다.

"한 5, 6년 됐을까요? 언젠가 제가 바이칼에 같이 가자고 형에게도 권했었죠?"

"기억나."

"그때 바이칼에 간다고 얼마나 설렜는지 몰라요. 글쎄, 그때 하필 제가 중국에 갈 일이 생겼지 뭐예요."

"그랬나?"

"더구나 형과 영재 형이 저처럼 급한 사정이 생겨서 못 간다고 하니까 인원이 모자라고 여행 경비가 올라가게 되었던가 봐요. 그때 효진 선생님이 제게 얼마나 까칠한 눈총을 쳤는지 몰라요. 서로 짜고 안 간다고 짐작하고 계신 것 같았어요. 엄청 난감했죠."

문득 떠오르는 게 있다는 듯 형이 나를 빤히 바라본다.

"너, 이번에는 못 가냐?"

나는 형의 눈길을 피해 고개를 숙인다.

"뭔데?"

"제 처지를 잘 아시잖아요. 저, 모처럼 백수를 면했잖아요. 직장에 들어간 지 며칠 된다고 놀러 간다는 말을 해요."

형이 잔을 탁 소리가 나도록 원탁 위에 내려놓는다.

"하긴 그래. 이해할 만하다. 같이 가자는 사람이 넘쳐서 곤란하던 참인데 되레 잘됐어. 요즘은 이 없으면 임플란트를 해. 그거 하면 영구치가 돼. 너는 느네 집 지붕에 올라가서, 까치발까지 하고 바이칼에서 우리 노는 모습이 보이나 북쪽 하늘을 자세히 살피고 있어라."

이번에는 내가 형을 빤히 쳐다본다. 왠지 내 형이 남의 형이 된 것 같은 서운함에 젖는다.

김금용
1997년《현대시학》등단. 시집『광화문 쟈쿱』『넘치는 그늘』『핏줄은 따스하다, 아프다』등. 펜번역문학상, 동국문학상 등 수상.

김영재
1974년《현대시학》등단. 시집『목련꽃 벙그는 밤』『녹피 경전』『히말라야 짐꾼』등. 중앙시조대상, 고산문학대상 등 수상.

김일연
1980년《시조문학》등단. 시집『너와 보낸 봄날』『엎드려 별을 보다』, 시선집『꽃벼랑』등. 유심작품상, 이영도문학상 등 수상.

김지헌
1997년《현대시학》등단. 시집『회중시계』『배롱나무 사원』등.

김추인
1986년《현대시학》등단. 시집『프렌치키스의 암호』『행성의 아이들』『모든 하루는 낯설다』등. 한국예술상, 질마재문학상 등 수상.

백우선
1981년《현대시학》시, 1995년〈한국일보〉신춘문예 동시 등단. 시집『탄금』, 동시집『지하철의 나비 떼』등.

윤효
1984년《현대문학》등단. 시집『물결』『햇살방석』『참말』등. 영랑시문학상, 풀꽃문학상 등 수상.

이경

1993년《시와시학》등단. 시집『흰소, 고삐를 놓아라』『푸른 독』『오늘이라는 시간의 꽃 한 송이』등. 유심작품상, 시와시학상 등 수상.

이경철

2010년《시와시학》등단. 시집『그리움 베리에이션』, 평전『미당 서정주 평전』등. 현대불교문학상, 질마재문학상 등 수상.

이상문

1983년《월간문학》등단. 소설집『이런 젠장맞을 일이』, 장편소설『황색인』등. 윤동주문학상, 한국펜문학상 등 수상.

이정

2010년《계간문예》등단. 장편소설『국경』『압록강 블루』, 소설집『그 여름의 두만강』. 아르코문학창작기금 받음.

조연향

2000년《시와시학》등단. 시집『오목눈숲새 이야기』『토네이토 딸기』등.

최도선

1987년〈동아일보〉등단. 시집『겨울 기억』『서른아홉 나연 씨』, 비평집『숨김과 관능의 미학』. 한국문화예술진흥원 지원금 받음.

홍사성

2007년《시와시학》등단. 시집『고마운 아침』『내년에 사는 法』.